TJIBBE VELDKAMP

ROADTRIP mit LASERGIRL und BEYONCÉ

Aus dem Niederländischen von Andrea Kluitmann

CARLSEN

Dieses Buch wurde mit Unterstützung des Nederlands letterenfonds, Amsterdam, veröffentlicht.

Nederlands letterenfonds
dutch foundation
for literature

Jeroen Marckelbach, Fien Mortier und
Dichic Dishiki Bukasa, danke für eure Hilfe.

In seinem Zimmer war es dunkel, aber das Handy auf seinem Kissen leuchtete munter. »Baptiste schreibt«, verkündete das Display.

Ate lag auf dem Bauch auf seinem Bett. Er tippte auf Baptistes neues Profilfoto. Baptistes Gesicht war ein einziges breites Lachen. Alles lachte mit, nicht nur sein Mund und seine Augen, sondern auch sein Kinn und seine krausen Haare. Ate versuchte, sich ihn mit besorgtem Blick vorzustellen. Er schaffte es nicht. Baptistes Gesicht war nicht für Sorgen gemacht.

Da kam seine Nachricht.

Schlechte Neuigkeiten …

22:31

Das erschreckte Ate nicht. Er hatte schon früher mal »schlimme«, »katastrophale« und »traurige« Neuigkeiten bekommen, und bisher war es nie so arg gewesen.

Oh, ja? Was denn?

22:31

Sie schrieben sich jetzt schon fast ein halbes Jahr. Jeden Tag zweimal ungefähr fünf Minuten, also nicht so lange. Meist schrieben sie auch nichts Besonderes. Trotzdem freute sich Ate den ganzen Tag auf vier Uhr nachmittags und halb elf abends.

Er mochte es, dass sie sich so ähnlich waren. Na ja, Baptiste war schwarz und ohne Papiere in Belgien, und selbst war er weiß und mit Papieren in den Niederlanden. Und Baptiste war immer pleite, während Ate manchmal sogar was von seinem Taschengeld übrig behielt. Doch das war alles unwichtig. Sie sahen sich dieselben YouTube-Kanäle an, am liebsten den von Geoff und Jack. Nicht die witzigsten oder verrücktesten YouTuber auf Erden, aber ganz sicher die nettesten. Und über Geoff und Jack gabs immer was zu besprechen: ihre Videos, Reaktionen auf ihre Posts, ihre Kleidung, ihre Haare, ihr Haus …

Ates Handy summte.

Ich habe Schulden

22:32

Muss mein Handy verkaufen

22:32

Jetzt bekam Ate doch einen Schrecken.

Wie können wir dann noch schreiben?

22:33

Baptiste tippte lange, letztendlich jedoch schickte er nur ein einziges Wort.

Désolé …

22:34

Das Wort hatte Ate schon mal im Wörterbuch nachgeschlagen. »Tut mir leid.«

Also würden sie sich bald nicht mehr schreiben können?

Er setzte sich auf den Bettrand. Baptiste würde ihm fehlen. Sehr fehlen. Mit ihm schreiben machte alles besser – Schule, zu Hause, alles. Sogar die Typen, mit denen er in den Pausen an einem Tisch saß, konnte er inzwischen ganz gut ertragen. Wenn er Baptiste nicht mehr hätte, würde er alles wieder hassen, nicht nur all die langen Arme und Beine in seiner Klasse, sondern auch den Sportunterricht mit den Geräten und den Sportunterricht ohne Geräte und Toastbrot zum Frühstück … alles.

Das Handy auf seinem Kissen leuchtete noch genauso munter wie vorher. So schlau war es nun auch wieder nicht.

Was konnte er tun? Geld überweisen war sinnlos. Das hatte er schon fünfmal oder so gemacht, und länger als ein paar Tage hatte es nie geholfen. Und so viel Geld hatte er selbst gar nicht. Was, wenn er ihm sein altes Samsung schickte? Schwierig, weil Baptiste keine feste Adresse hatte. Wenn er ihm das alte Handy einfach *brachte* …

Bist du noch da?
22:35

Ich denke nach …
22:35

Wenn er Baptiste sein altes Handy brachte, konnte der sein eigenes Handy ruhig verkaufen. Dann hatte er ja noch das Samsung!

Ate musste sich kurz bewegen; er sprang auf und lief, nur in Boxershorts, zu den Vorhängen an der Gartenseite und dann wieder zurück zu seinem Bett – vorsichtig, um nicht über die Kleider, Schulbücher und Teebecher auf dem Boden zu stolpern. Aline, seine Mutter, ging manchmal in den Garten, um zu schauen, ob das Licht in seinem Zimmer aus war, also machte er besser keine Lampe an.

Morgen konnte er nicht weg, aber Freitag schon, das war nämlich der »Tag der Liebe« seiner Mutter. Sobald er zur Schule gegangen war, fuhr sie los, und meist kam sie erst samstags gegen fünf Uhr wieder nach Hause. In der Zeit konnte er mindestens zweimal nach Brüssel und wieder zurück, ohne dass sie es merken würde.

Er öffnete die internationale Fahrplanauskunft. Wenn er um Viertel nach neun vom Groninger Hauptbahnhof abfuhr, kam er um zehn nach eins in Brüssel-Centraal an.

Er schrieb, während er noch immer vorsichtig im Zimmer auf und ab ging.

Komm Freitag um 13:30 zum Muntpunt!
22:38

Dort in der Bibliothek saß Baptiste nachmittags oft am Computer. Ate hatte schon ein paarmal auf Google Maps geschaut. Vom Brüsseler Bahnhof aus waren es nur ein paar Minuten zu Fuß.

Was ist denn da?
22:38

Ich.
22:38

Mit einem Handy für dich.
22:38

Sein Handy zeigte nichts an und gab keine Geräusche von sich. Bloß die Zeit sprang weiter. Das Display schaltete sich aus, aber Ate weckte es wieder auf. Endlich kam Baptistes Reaktion:

☺ ☺ ☺
22:39

Schritte auf der Treppe: Seine Mutter machte sich auf den Weg ins Schlafzimmer! Ate rannte so schnell er konnte zurück zu seinem Bett, stieß sich den großen Zeh, unterdrückte einen Aufschrei und huschte unter seine Bettdecke. Er lag gerade erst, als seine Mutter die Tür zu seinem Zimmer leise öffnete. Licht aus dem Flur fiel auf den Teppich.

»Schlaf schön«, flüsterte sie.

Schön schlafen? Guter Scherz. Wie sollte er jetzt noch schlafen können?

Während seine Mutter den Fußboden über seinem Kopf knarzen ließ, kaufte er eine Fahrkarte nach Brüssel und zurück. Ein Kinderspiel. Ein paar Klicks und in seinem Postfach befand sich eine E-Mail samt Anlagen von der Bahn. Schon so oft hatte er sich vorgestellt, dass er diese Karte kaufte und Baptiste treffen würde. Aber es war nie ein ernsthafter Plan gewesen. Jetzt schon. Er würde es tun. Er fuhr nach Brüssel.

Der Plan war genial. Es gab nur einen einzigen Haken: Er war es, der ihn ausführen musste. Er saß doch am liebsten zu Hause an seinem Computer. Er war doch dieser Junge, der sich nur von zu Hause zur Schule und von der Schule zurück nach Hause bewegte. Und ausgerechnet er würde also heimlich nach Brüssel fahren, um jemandem ein Handy zu bringen? Das passte doch überhaupt nicht zu ihm, oder?

Tja, nein, aber es musste sein. Und was konnte groß schiefgehen?

Das Frühstück am Freitag war immer ein wenig seltsam, aber dieses Mal war es wirklich *sehr* seltsam.

Als er in die Küche kam, saß seine Mutter am Esstisch und summte, vor sich eine Schale Joghurt mit Müsli. Sobald sie ihn sah, hörte sie damit auf. So lief es freitags oft. Sie wollte ihm nicht zeigen, dass sie sich total freute, zu Greg zu dürfen. Sie dachte nämlich, das wäre nicht schön für Ate.

Dabei hatte er ihr schon mal gesagt, dass er es wirklich nicht schlimm fand, wenn sie freitagmorgens summte. Aline war rot geworden und hatte gesagt, sie würde es sich merken, aber sie summte noch immer nicht, jedenfalls nicht, wenn er dabei war. Sobald sie gleich im Auto saß, sang sie lauthals zum Radio mit, daran zweifelte er keine Sekunde.

Er nahm sich Cornflakes und dachte: Gleich sehe ich dich, Baptiste! Er schenkte sich eine Tasse Tee ein und dachte: Baptiste, ich sehe dich gleich! Er setzte sich seiner Mutter gegenüber und dachte … genau!

Freitag war auch der einzige Tag, an dem Aline nicht meckerte, wenn er am Tisch auf sein Handy schaute. Normalerweise nutzte er das schamlos aus. An diesem Tag ließ er sein Handy unberührt neben seinem Teller liegen. Es gab einen Livestream von Geoff, den er noch nicht gesehen hatte, aber er konnte sich jetzt unmöglich darauf konzentrieren.

Natürlich hätte er auf sein Handy schauen sollen, weil seine Mutter jetzt nämlich fragte: »Du guckst ja gar nicht auf dein Handy, was ist los?«

»Das soll ich doch nicht, oder?«

»Nein, aber sonst machst du das trotzdem. Ist was?«

»Mam!«

»Was?«

»Das solltest du nicht mehr fragen.«

»Oh, ja …«

Sie führte den Löffel zum Mund, doch statt einen Happen zu nehmen, legte sie ihn wieder zurück in die Müslischale.

»Aber ist vielleicht wirklich was?«

Er stand auf, ging um den Tisch herum und legte ihr von hinten die Arme um den Hals. Dann brauchte er sie wenigstens nicht anzusehen. Seine Mutter meinte es nur gut mit ihm. Bloß bildete sie sich ein, er sei unglücklich, weil er keine Freunde hatte. Dabei wäre er eine ganze Ecke unglücklicher, wenn er diese Typen aus seiner Klasse auch nach der Schule noch sehen müsste.

Logisch betrachtet sollte sie es also gut finden, dass er sich mit jemandem verabredet hatte. Aber nein, so wars auch wieder nicht. Aline war anti Internet. Wenn sie hören würde, dass er Baptiste im Großen Bösen Web kennengelernt hatte, würde sie es ihm verbieten. Internetfreunde zählten nämlich nicht. Menschen musste man »im echten Leben« sehen. Wieso? Warum? Vielleicht war das damals so, als sie jung war und es das gesamte Internet noch nicht gab, aber jetzt wohl kaum noch.

Als er sich wieder hinsetzte, schaute sie ihn komisch an. Mit dieser Umarmung hatte er sich natürlich erst recht verdächtig gemacht. Aber sie fragte nichts mehr.

Er packte seine Schultasche, weil seine Mutter das erwartete, auch wenn es wenig Sinn hatte, seine Schulbücher mit nach Brüssel zu schleppen. Während er sie in der Garage versteckte, hörte er seine Mutter in der Küche singen.

Er saß im Zug. Und der Zug fuhr. Es war wenig los und neben ihm saß niemand. Keiner fragte ihn, was um Himmels willen er da machte. Das fand er irgendwie schade, einem Fremden hätte er es ganz gerne erzählt. Am liebsten hätte er es über die Lautsprecher verkündet, damit der ganze Zug es hören konnte: »Guten Morgen, meine Damen und Herren, Jungen und Mädchen. Ate ist auf dem Weg zu Baptiste nach Brüssel!« Wo der Zug unterwegs überall anhielt, interessierte ihn nicht die Bohne. »Ich wiederhole …«

Eine Schaffnerin kam vorbei. Als er ihr sein ausgedrucktes Onlineticket zeigte, schaute sie ihn lange an. Aber schließlich sagte sie nur: »In Rotterdam umsteigen.«

Er fragte sie besser nicht nach dem Lautsprecher.

Auf seinem Handy sah er sich ein paar alte Clips an. Ab und zu hörte er Geoffs Lieblingswörter. Aber was Geoff sonst noch sagte, drang kaum zu Ate durch. Als würde er kein Englisch mehr verstehen. Also schaute er wieder nach draußen. Ein langer Teppich aus Weiden, Waldstücken, Straßen, Straßen und noch mehr Weiden zog an ihm vorbei. Legte man all die Stücke Land hintereinander, kam man also von Groningen nach Brüssel. Die Städte waren miteinander verbunden. Er hätte zu Fuß gehen können.

Alles lief, wie es der Fahrplan versprochen hatte. Er stieg in Rotterdam um. Während er am Gleis auf den Zug nach Belgien wartete, winkte er Greg auf gut Glück zu. Irgendwo hier wohnte er.

Greg war bei ihnen eingezogen, als Ate im zweiten Schuljahr gewesen war. Eines Tages hatte Greg am Tisch gefragt, ob Ate seinen Namen in Buchstabennudeln legen konnte. Ate hatte den Kopf geschüttelt, nicht, weil er Gregs Namen nicht legen *konnte*, sondern weil er es nicht wollte. Greg war riesengroß, lachte dröhnend und warf Ate manchmal in die Luft. Es war ein Spiel, natürlich verstand Ate das. Aber er hatte trotzdem Angst vor Greg und hielt sich möglichst fern von ihm. Nach einem halben Jahr machte seine Mutter Schluss und Greg zog wieder zurück nach Rotterdam.

Aber seit Anfang des Schuljahres verbrachte Aline mit Greg plötzlich jede Woche einen Tag der Liebe. Was würde Greg sagen, wenn er wüsste, dass Ate nach Brüssel fuhr? Vielleicht fände er es völlig in Ordnung.

Nach Roosendaal, der Grenze, kamen die belgischen Bahnhöfe. Antwerpen, Antwerpen-Berchem, Mechelen, Flughafen Brüssel-Zaventem. Nicht weit vor Brüssel-Nord blieb der Zug neben einer lang gestreckten, baufälligen Fabrikhalle stehen. Die Scheiben waren eingeschlagen, die Wände übersät mit Graffiti.

Baptiste war sein Freund. Ate wollte ihn unheimlich gern treffen, aber auch unheimlich gern nicht. Vielleicht würden sie in Wirklichkeit überhaupt nicht wissen, was sie zueinander sagen sollten. Dann hätte Baptiste zwar das alte Samsung, aber ihre Freundschaft wäre verdorben.

»Smex«, las Ate auf der Fabrikhalle – mühsam, weil die Buchstaben seltsam geformt waren, »Mèble«.

Und wie begrüßten sie sich? Gaben sie sich die Hand? Wenn Baptiste ihm bloß keinen Fist Bump geben wollte oder so was, das machte Ate bestimmt nicht richtig. Das Beste war, ihr Treffen möglichst kurz zu halten. Ate würde ihm das Handy geben. Sie würden kurz schwatzen. Und dann würde er behaupten, er müsse jetzt zurück zum Zug.

Vielleicht wird es ja supercool, sagte Ate zu sich selbst. Vielleicht gehen wir einen Hamburger essen und lachen und reden und ich vergesse die Zeit, und dann rennen wir zusammen zurück zum Bahnhof und auf dem Bahnsteig umarmt er mich noch, während der Schaffner schon pfeift.

Wollte Ate das? Er war sich nicht sicher. Vielleicht doch nicht. Was er am allerliebsten wollte, war, dass alles einfach so blieb, wie es war: er in den Niederlanden, Baptiste in Belgien und zweimal am Tag schreiben. Das reichte.

Der Zug fuhr wieder an. Ate öffnete Google Maps. Auf der Karte von Brüssel war ein blauer Punkt aufgetaucht. Der gab den Ort seines Handys an. Der Punkt bewegte sich über das Gleis, wenn auch nur langsam. Und schließlich kam er auf Brüssel-Centraal zum Stillstand.

Vom Bahnsteig aus nahm er eine Rolltreppe nach oben. Eine Frau in grauer Kapuzenjacke, in einer Hand eine Fußballtasche, stellte sich neben ihn.

»Ate?«

Er bekam einen Schrecken. Woher kannte sie seinen Namen? Er trat eine Stufe höher, weg von ihr.

Sie zog ihre Kapuze herunter. Sie war doch keine erwachsene Frau, sah er jetzt, sondern ein hochgewachsenes Mädchen mit Haaren, die in vielen Zöpfchen straff über den Kopf nach hinten geflochten waren.

Obwohl »Mädchen« wieder zu klein klang. Sie war gut zwei Rolltreppenstufen größer als er, denn obwohl sie eine Stufe tiefer stand, musste er immer noch zu ihr aufschauen.

»Ja?«

»Attention!« Sie sagte es auf Französisch: »Atonsjion!« Sie griff ihn am Arm und das war nur gut so, denn sonst wäre er über das Ende der Rolltreppe gestolpert.

Oben zog sie ihn mit einer Hand zur Seite, damit die Leute an ihnen vorbeigehen konnten. Ihre Augen waren so schwarz, wie Schwarz nur sein konnte.

»Ich habe eine Nachricht von Baptiste.« Ihr Niederländisch klang flämisch.

»Was denn?«

»Das erzähle ich dir gleich, erst mal weg hier.« Sie griff ihn wieder am Arm und wollte ihn fortführen, aber er schüttelte ihre Hand ab und rührte sich nicht vom Fleck. Sie waren zu unterschiedlich.

Sie war ein Mädchen, groß und schwarz, er ein Junge, klein und weiß. Er kannte keine schwarzen Menschen, außer Baptiste natürlich.

Sie stellte die Fußballtasche ab, legte ihm die Hände auf die Schultern und schaute ihm in die Augen. In einem Game hätte sie Laseraugen gehabt, mit denen sie die Schädel ihrer Gegner hätte explodieren lassen können. Bumm! Klatsch! Die Hirnmasse tropfte von den Wänden. Er versuchte, seine Gedanken nicht kaputt schießen zu lassen.

»Baptiste braucht deine Hilfe. Komm!«

Sie ließ seine Schultern los, hob ihre Tasche wieder hoch und ging durch einen breiten Tunnel weg. Eigentlich wollte er noch immer nicht mit ihr gehen. Aber Baptiste brauchte seine Hilfe. Er folgte ihr durch den Gang in eine Bahnhofshalle.

Was war nur mit Baptiste? Ob es was mit seinen Schulden zu tun hatte?

Draußen, neben dem Eingang zum Bahnhof, lag ein Mann auf dreckigen Lumpen. Ate blieb stehen. Auf einem ausgefransten Stück Pappe stand in schwarzen Filzstiftbuchstaben: »Art: Mensch«. Lasergirl war weitergegangen. Er trabte hinter ihr her. Vielleicht war Baptiste schlechter dran, als er sich vorgestellt hatte. Ob er auch auf dreckigen Lumpen schlief?

Die Straßen waren breit, mit langen Reihen langsam fahrender Autos, die Gebäude große beigefarbene Steinklötze. Er hätte gern in aller Ruhe auf Google Maps geschaut, um zu sehen, in welche Richtung sie gingen, aber er hatte keine Zeit. Lasergirl ging so schnell, dass er kaum mithalten konnte.

Nach etwa zehn Minuten blieb sie stehen, inzwischen waren sie in einer schmalen Einbahnstraße gelandet. Sie trödelte vor einer Pforte herum und als gerade niemand in der Nähe war, drückte sie die Holztür auf. Er folgte ihr in einen überwucherten Garten. Am Ende stand ein Gebäude, das früher mal stattlich gewesen sein mochte, jetzt aber heruntergekommen aussah. Die hohen Fenster waren vernagelt, allerdings nicht besonders sorgfältig – Lasergirl schob die Holzlatten vor einem der Fenster einfach zur Seite. Sie kletterte hinein und streckte die Hand nach ihm aus. Er zögerte. Drinnen war es dunkel.

»Du brauchst keine Angst zu haben«, sagte sie.

Das half nicht. Ihre Worte brachten ihn gerade erst auf den Gedanken, dass er vielleicht Angst hatte. Und wenn nicht, dann, dass es vernünftig sein könnte, Angst zu bekommen. Aber Baptiste brauchte seine Hilfe. Ate griff nach ihrer ausgestreckten Hand und folgte ihr.

Er hatte gehofft, sie würde ihn zu Baptiste bringen, aber hier drinnen war niemand. Sie standen in einem großen, hohen Raum, der bis auf einen orangefarbenen Plastikklappstuhl leer war. Die Decke war mit diesen verschnörkelten Rosetten verziert, an denen eigentlich Kronleuchter hängen sollten, aber die fehlten. Der Raum erinnerte ihn an ein altes Bankgebäude. Nicht, dass er jemals in einem alten Bankgebäude gewesen wäre, aber in Filmen hatte er gesehen, wie sie ausgeraubt wurden.

Lasergirl rückte die Holzlatten wieder vor das Fenster, wodurch es sofort dunkel wurde. Sie zündete zwei Kerzen an, die in Weinflaschen auf der breiten Fensterbank standen. Ein wenig Sonnenlicht fiel durch die Ritzen zwischen den Holzbrettern, aber sehr hell wurde es nicht.

Sie zeigte auf den Klappstuhl.

»Setz dich.«

Er nahm seinen Rucksack ab und setzte sich hin. Sie kniete neben ihrer Sporttasche und zog den Reißverschluss auf. Sie sprach leise in einer Sprache, die er nicht kannte, und hob dann mit beiden Händen ein Huhn aus der Tasche, ein braunes Huhn, das sofort losstolzierte. Lasergirl streute eine Handvoll Körner aus. Das Huhn fing eifrig an zu picken, während es immer noch herumscharrte, gefolgt von zwei Schatten auf dem Steinfußboden. Zwei Kerzen, zwei Schatten, logisch.

Es hatte etwas Unwirkliches, das Dämmerlicht, das Huhn mit dem doppelten Schatten und die fremde Sprache, die in seinem Kopf noch nachhallte. Es war schwierig, sich vorzustellen, dass die normale Welt mit normalem Tageslicht ganz in der Nähe war.

Lasergirl zauberte eine Schale aus ihrer Fußballtasche hervor, füllte sie mit Wasser aus einer Flasche und stellte sie vor das Huhn. Dann nahm sie eine leere Bierkiste, die unter der Fensterbank an der Wand gelehnt hatte, und stellte sie hochkant vor Ate hin. Sie setzte sich ihm gegenüber, ihre Sneakers zu beiden Seiten von seinen. Sie nahm seine Hände in ihre.

Der Fußboden bestand aus einem Mosaik aus bunten Steinchen, erkannte er jetzt.

»Ate.«

Er schaute auf. Sie sahen sich in die Augen – sie griff an, er verteidigte sich.

»Ich bin Baptiste«, sagte sie.

Das war sie natürlich nicht.

»Du siehst ihm gar nicht ähnlich«, sagte er.

»Nicht auf den Fotos, die du kennst, nein. Aber *ich* habe mit dir geschrieben.«

Noch immer hielt sie seine Hände fest, als wären sie allerbeste Freunde.

Aber es fühlte sich an, als könnten sie jeden Moment miteinander kämpfen.

»Kann ich dein Handy mal sehen?« Ihr WhatsApp-Verlauf würde beweisen, dass sie log.

»Das hab ich nicht dabei.«

»Warum nicht?«

»Fühl ruhig.« Sie stellte sich hin und legte seine Hand erst auf ihre linke Hosentasche und dann auf ihre rechte. Da war deutlich nichts drin. Sie drehte sich um und machte Anstalten, seine Hand auf ihre Gesäßtaschen zu legen, aber er wollte nicht an ihrem Hintern rumfummeln und zog die Hand zurück.

»Glaub mir!« Sie setzte sich wieder hin. »Ich habe mit dir gewhatsappt. Ein halbes Jahr lang.«

»Und wer ist der Junge auf den Profilfotos?«

»Ist das wichtig? Er kennt dich nicht. Er hat dir nicht geschrieben.«

Sie log. Das konnte nicht anders sein. Er hätte doch gemerkt, wenn sie es gewesen wäre, oder?

»Du siehst dir gern Geoff und Jack an«, sagte sie. »Du hast ihr Buch schon bestellt, bevor es erschienen war. Du denkst, dass Geoff Jack manchmal absichtlich beim Gamen gewinnen lässt, weil Geoff so viel besser ist und es für Jack sonst zu traurig wäre …«

Das stimmte alles. Was, wenn sie doch die Wahrheit sagte? Wenn sie Baptiste war, dann gab es Baptiste nicht, nicht den Baptiste aus seinen Gedanken. Wenn sie Baptiste war, hatte er doch keinen Freund.

Inzwischen plapperte sie einfach weiter.

»Du kennst die Q&As auswendig. Deine Lieblingsszenen sind die, in denen Geoff und Jack sich die Schweinsohren aufsetzen …«

»Halt den Mund!« Er sprang auf und wollte sie schubsen, aber sie hatte blitzschnell reagiert und war einen Schritt zurückgetreten, wodurch die Kiste umfiel. Das Huhn stob gackernd weg.

In aller Ruhe stellte sie die Kiste wieder hochkant hin und nahm Platz.

»Setz dich«, sagte sie.

Er dachte gar nicht daran. Er würde abhauen.

»Warum?«, fragte er.

»Warum was?«

»Warum hast du so getan, als wärst du Baptiste?«

»Weißt du noch, im Chatroom? Ihm hast du geantwortet, mir nicht.«

»Vielleicht gab es dafür einen Grund! Vielleicht wollte ich mit ihm reden und nicht mit dir!«

»Ja … aber ich musste Geld verdienen.«

Geld. Allmählich begriff er es. Sie hatte getan, als wäre sie ein armer, obdachloser Junge ohne Aufenthaltsberechtigung, damit sie ihm das Geld aus der Tasche ziehen konnte. Die Wahrheit war mehr als einfach: Er war betrogen worden, hereingefallen auf einen Catfish, jemanden, der sich online für jemand anderen ausgibt.

Er schnappte sich seinen Rucksack, sprang zum Fenster und donnerte mit dem Ellbogen gegen das Holz. Es knallte auf den Boden. Er schwang ein Bein über die Fensterbank und wollte gerade nach draußen steigen, als Lasergirl von hinten die Arme um ihn schlang. Er versuchte sich aus ihrem Griff zu befreien, doch sie war viel stärker als er. Sie hob ihn hoch, als wäre er ein Kleinkind. Sie trug ihn zurück, setzte ihn wieder auf den orangefarbenen Plastikstuhl, nahm ihm den Rucksack ab und stellte ihn neben seinen Stuhl. Wieder setzte sie sich ihm gegenüber, wollte nach seinen Händen greifen und durchbohrte ihn wieder mit ihren Laseraugen. Er kniff die Augen zu.

Er sah sie nicht mehr und spürte sie nicht mehr, aber er roch sie noch. Sie roch nach dem Kleiderschrank seiner Mutter. Lavendel. Er zog eine Hand aus seiner Tasche und hielt sich die Nase zu.

Sein Leben war okay gewesen, weil er einen Freund hatte.

Aber den gab es ja gar nicht. Die Smileys, die Baptiste geschickt hatte, hatte nicht er geschickt.

Ate wollte nie wieder sehen.

Doch nach einer Weile machte er die Augen wieder auf. Er ließ von seiner Nase ab. Lasergirl saß ihm geduldig gegenüber, die Arme über der Brust verschränkt.

»Alles klar«, sagte er. »Dann bist du eben Baptiste! Von mir aus. Darf ich jetzt weg?«

Sie gab nicht sofort Antwort. Ihm wurde ein wenig mulmig zumute. Durfte er nicht weg hier?

»Es gibt da ein Problem«, sagte sie.

»Was denn?«

»Ich habe nicht für mich selbst gearbeitet, sondern für Joseph.« Sie sprach den Namen mit einem Dsch am Anfang aus: Dschosef. »Er weiß, dass du nach Brüssel gefahren bist. Ich glaube, er sucht dich. Jemand wartet am Muntpunt auf dich.«

»Warum? Was will er denn?«

»Geld.«

»Ich habe kein Geld mehr. Und meine Mutter ist auch nicht reich.«

Sie stand auf. Mit einer schnellen Bewegung griff sie sich das Huhn und hielt es vor ihre Brust. Das Huhn verschwand fast völlig in ihren Händen.

»Ach nein?«, sagte sie. »Wohnt ihr nicht in einem Haus aus Steinen?«

Was sollte das denn schon wieder?

»Habt ihr Strom? Internet vielleicht? Einen vollen Frigo?«

Auf solche dummen Fragen gab er keine Antwort. Und er fragte sie auch nicht, was ein Frigo war.

»Entschuldige«, sagte sie. »Es ist egal. Wichtig ist, dass Joseph denkt, dass du Geld hast.«

»Warum sollte er das denken?«

»Weil du ihm Geld geschickt hast. Ich brauchte nicht mal darum zu bitten und – zack – kam das Geld angeflogen. Hundert, zweihundert, dreihundert Euro, zack, zack, zack!«

Ate sah das Problem noch immer nicht.

»Vielleicht wartet jemand am Muntpunt auf mich. Ja, und? Ich gehe zurück zum Bahnhof.«

Lasergirl setzte sich wieder ihm gegenüber auf die Bierkiste, jetzt mit dem Huhn auf dem Schoß. Sie streichelte seine braunen Flügel. Das Huhn schien nichts dagegen zu haben.

»Joseph ist ein Gangster.« Sie sprach es nicht englisch aus wie Gängster, sondern sagte Gangster mit einem kurzen a.

»Er hat hier Freunde, viele Freunde. Vielleicht halten sie schon Ausschau nach dir.«

Hatten es hier in Brüssel wirklich Gangsterfreunde auf ihn abgesehen? Wegen Geld, das er überhaupt nicht besaß? Sehr glaubwürdig klang das nicht. Und wenn es wahr war, warum erzählte sie es ihm dann? Obwohl er die Frage nur gedacht hatte, gab sie trotzdem Antwort.

»Ich helfe dir. Und du hilfst mir.«

»Wie denn?«

»Ich helfe dir, raus aus Brüssel zu kommen. Du nimmst mich mit nach Holland und hilfst mir dort.«

Er konnte nicht gut nachdenken, wenn sie ihn mit ihren Laseraugen anschaute, also stand er auf, ging ein paar

Schritte von ihr weg in den dämmrigen Raum und blieb stehen, den Rücken zu ihr.

Sie hatte ihn monatelang angelogen. Sie hatte ihm weisgemacht, er hätte einen Freund. Und vielleicht war es ihre Schuld, dass jetzt ein Gangster mit Gangsterfreunden hinter ihm her war. Sie war der letzte Mensch auf der Welt, dem er helfen wollte.

Er drehte sich um, ging wieder auf sie zu und streckte die Hand aus. Sie hob das Huhn ein wenig hoch und reichte ihm unter dem Huhn hindurch ihre Hand. Sie schüttelten sich die Hände. Zum ersten Mal, seit er sie auf dem Bahnhof getroffen hatte, erschien ein Lächeln auf ihrem Gesicht – auch, wenn es fast unsichtbar war. Wäre es noch ein wenig kleiner, würde es nicht mehr als Lächeln zählen.

Er lächelte zurück. Sollte sie ihm nur helfen, so viel sie wollte. Aber sobald er sicher im Zug nach Hause saß, würde er sie links liegen lassen. Er konnte es kaum erwarten, ihr all die Lügen heimzuzahlen.

Noch immer standen sie da und schüttelten sich die Hände, wie lächelnde Politiker in den Nachrichten.

»Ich bin Emeraude«, sagte sie.

Eine Sekunde lang fand er ihren Namen schön. *Ee-meroodd.* Aber dann beschloss er, dass ihm ihr Name vollkommen egal war und er alles dafür tun würde, ihn wieder zu vergessen.

»Wie ich heiße, weißt du ja.« Er hörte auf zu lächeln und ließ ihre Hand los.

Emeraude übernahm die Führung. Na ja, die hatte sie die ganze Zeit schon gehabt, eigentlich behielt sie also die Führung. Sie ließ ihn an »Baptiste« schreiben, er habe eine Stunde Verspätung. Joseph hatte ihr Handy, sagte sie, und vielleicht bekamen sie so ein wenig mehr Zeit, bevor Joseph sie wirklich suchen würde. Sie zog eine Baseballkappe mit der Aufschrift »I love waffles« aus ihrer Tasche und setzte sie ihm auf. Das Huhn wanderte zurück in die Fußballtasche.

»Wir gehen zum Südbahnhof«, sagte sie.

Bevor er nach dem Grund fragen konnte, antwortete sie schon.

»Das liegt in einer anderen Richtung. Der Südbahnhof ist nicht der Ort, an dem Joseph uns zuerst suchen lassen wird.«

»Uns?«

»Wenn du nicht auftauchst und ich auch nirgends zu finden bin, wird er sich schon denken, was passiert ist. Dann sucht er nicht nur dich, sondern uns beide.«

Ate schaute auf Google Maps. Der Brüsseler Südbahnhof lag tatsächlich nicht auf ihrer Route. Der Fußweg betrug neunundzwanzig Minuten. Wenn sie also jetzt losgingen und am Südbahnhof einen Zug zurück zum Hauptbahnhof nahmen, konnte er dort vielleicht noch den Zug um Viertel vor drei erwischen. Dann wäre er abends um acht zu Hause, genauso wie er es die ganze Zeit geplant hatte.

Sie bliesen jeder eine Kerze aus und kletterten aus dem Fenster. Emeraude schob das Holz zurück. Vor der Pforte drehte sie sich zu ihm.

»Bleib ein paar Meter hinter mir. Wenn ich angesprochen werde, versteckst du dich. Werde ich gefasst, versuchst du auf eigene Faust, zum Südbahnhof zu gelangen.«

Bis jetzt hatte er gedacht, ihre Geschichte über den Gangster und seine Freunde sei ihrer Fantasie entsprungen. Zu abgedreht, um wahr zu sein. Ihre ernsthaften Anweisungen und ihr Blick ließen ihn jedoch zweifeln. Sie schien es jedenfalls selbst zu glauben: Auf der anderen Seite der Pforte gab es Menschen mit bösen Absichten, die ihnen auf den Fersen waren.

»Und wenn Joseph mich fasst?«, fragte Ate.

»Warum, meinst du, habe ich dich abgeholt? Damit das nicht passiert.«

Sie setzte sich ihre Kapuze auf und verschwand durch die Pforte.

Er zählte bis fünf und folgte ihr.

Draußen war es plötzlich wieder Frühling. Die Leute auf der Straße liefen ohne Jacke herum, als wollten sie es jedem zeigen: Männer in T-Shirts mit einem Jackett über dem Arm, Männer in kurzen Hosen, Frauen in Sommerkleidern. Zwei Mädchen mit Kopftuch legten beim Gehen den Kopf in den

Nacken, um die Sonnenstrahlen auf ihren Wangen aufzufangen.

Ate fand das alles beruhigend. Diese Leute machten sich keine Sorgen, so jedenfalls sah es aus. Warum also sollte er sie sich machen?

Er folgte Emeraude im Abstand von etwa zehn Metern.

Nachdem sie eine Weile so gegangen waren, zog er sein Handy hervor. Eigentlich wollte er sparsam mit dem Akku umgehen – er hatte nur noch zweiunddreißig Prozent. Aber er wollte unbedingt wissen, ob sie wirklich zum Südbahnhof gingen. Es würde ihn nicht wundern, wenn Emeraude ihn schon wieder hinters Licht führte.

Der blaue Punkt bewegte sich tatsächlich Richtung Brüssel Südbahnhof.

Ate schob das Handy wieder in seine Hosentasche – und hatte Emeraude verloren. Er blieb stehen und schaute sich um, konnte sie aber nirgends entdecken. Eine Gruppe Männer kam auf ihn zu, fünf afrikanisch aussehende junge Männer, die die Gesamtbreite des Gehwegs einnahmen und aufgeregt auf Französisch durcheinanderredeten.

Sie gingen an ihm vorbei, ohne ihn zu sehen. Und sie blickten sich nicht um.

Als die Männer um die Ecke verschwunden waren, tauchte Emeraude aus dem Teppichladen auf, an dem er gerade vorbeigekommen war. Sie sah ihn strafend an – das jedenfalls dachte er. Durch ihre Kapuze konnte er ihr Gesicht nicht sehen.

Wortlos ging sie an ihm vorbei.

Nach einer knappen halben Stunde blieb Emeraude an einer Straßenbahnhaltestelle stehen. Sie schaute jetzt ständig um sich, ruhig, aber ununterbrochen: nach links, rechts, vor sich, hinter sich.

Er stellte sich zu ihr.

»Der Südbahnhof.« Sie nickte zu dem riesigen Gebäude vor ihnen.

Sie überquerten die Straßenbahngleise, gingen durch eine Glastür und gelangten in eine Einkaufspassage mit allerlei Geschäften und Cafés. Hier war viel mehr los als draußen. Er hielt sich ein wenig dichter hinter Emeraude, um sie nicht aus den Augen zu verlieren. Sie bog nach links ab. Die Passage mündete in eine große Bahnhofshalle, sah Ate.

Emeraude hatte kaum zwei Schritte getan, als ein Mann auf sie zuging und ein zweiter Mann hinter ihr auftauchte: Sie war eingeschlossen.

Ate trat einen Schritt zurück, sah sich um und huschte nach links in ein kleines Pralinengeschäft. Der Mann hinter Emeraude hatte ihre Kapuze heruntergezogen. Sie drehte sich um und schlug ihm auf die Finger. Die Männer lachten. Sie fing an zu schimpfen – wenn es Französisch war, dann kein Französisch, von dem Ate auch nur ein einziges Wort verstand. Leute schauten, Leute blieben stehen. Die Männer gestikulierten zu Emeraude (»ruhig, ganz ruhig«) und den Umstehenden (»alles in Ordnung hier«).

Darüber dachte Emeraude offenbar anders. Sie wetterte immer weiter, machte wilde Gebärden und stampfte auf den

Boden. Ein dunkel gekleideter Polizist tauchte auf, ein Gewehr vor dem Körper, den Lauf nach unten gerichtet. Emeraude ergoss einen Wortschwall über ihn und zeigte dabei auf die Männer. Der Polizist sagte etwas zu den beiden. Während sie in ein Gespräch verwickelt wurden, trat Emeraude einen Schritt zurück, rannte aus der Bahnhofshalle und verschwand in der Menge.

Ate tat, als würde er sich die Regale ansehen. Was sollte er machen? Wenn er ihr folgte, musste er an den Männern vorbei. Und wenn er ihr nicht folgte, hatte er sie verloren.

Er stand noch da und zögerte, als Emeraude ihm auf die Schulter tippte. Sie musste blitzschnell von der anderen Seite des Gebäudes wieder in die Halle gekommen sein. In aller Ruhe gingen sie den Weg zurück, den sie gekommen waren. Draußen rannten sie los, Ate hielt seine *I love waffles*-Kappe gut fest, sonst flog sie ihm noch vom Kopf.

Sie rannten. Emeraude mit ihren langen Beinen an der Spitze, Ate nicht weit hinter ihr.

Nach ein paar Straßen gelangten sie an eine Baustelle. Keuchend zwängten sie sich durch einen Zaun und krochen unter einer blauen Bauplane hindurch. Dahinter lag das Betonskelett eines vierstöckigen Hauses. Offensichtlich war ein altes Gebäude abgerissen worden und jetzt wurde zwischen den alten Nachbarn ein neues gebaut.

Sie nahmen die Treppe zum obersten Stockwerk. Dort ließ sich Ate auf den Fußboden fallen, den Rücken gegen eine kahle Betonwand. Eine blaue Glut hing im Raum. Emeraude hockte neben der Tasche und ließ das Huhn wieder raus.

»Was wollten die Männer?«, fragte Ate.

Sie schaute ihn an und sagte nichts. Das machte sie öfter. Erst nur schauen. Und dann, eine halbe Ewigkeit später, endlich, wenn man Glück hatte, sagte sie was. Man konnte das bestimmt bedächtig nennen, aber er nannte es nervig.

»Was also?«

»Sie waren neugierig.«

»Worauf?«

»Auf dich.«

Er musste lachen – obwohl es auch ein nervöses Hicksen gewesen sein konnte. Das war neu, dass jemand neugierig auf ihn war. Schade, dass es die Gangsterfreunde eines Gangsterbosses waren, die vor allem neugierig auf Geld waren, das er nicht besaß.

»Zum Glück hast du mich ja gerettet, was?«, sagte er. »Wie läufts damit eigentlich? Klappt es? Ich merke noch nicht so viel davon.«

»Dich und Beyoncé.« Emeraude ging zum Rand des Betonbodens. Mit einer Hand schob sie die blaue Plane ein wenig zur Seite. Wahrscheinlich konnte sie die Straße von dort aus gut im Auge behalten.

»Beyoncé?«, fragte Ate.

Emeraude nickte zu dem Huhn hinüber, das neben der Fußballtasche mit wackelndem Kopf um sich schaute. Das Huhn hieß also Beyoncé. Genau das interessierte ihn jetzt mächtig …

»Alles wird gut«, sagte Emeraude, mehr zu dem Huhn als zu ihm.

»Ach ja?«, fragte Ate. »Wie denn?«

»Wir halten uns von Bahnhöfen fern«, sagte sie. »Und von U-Bahn-Stationen und Bushaltestellen. Und von allem, was eine feste Route abfährt.«

»Und wie kommen wir dann raus aus Brüssel?«

»Mit dem Fahrrad.«

»Haben wir Fahrräder?«

»Die leihen wir uns. Wir fahren bis hinter die Stadtgrenze, dann erst nehmen wir den Zug.«

Beyoncé war inzwischen zu ihr gekommen. Vielleicht

wollte sie in Emeraudes Nähe bleiben. Irgendwie konnte Ate das verstehen. Er hätte es nicht zugegeben, ganz bestimmt nicht gegenüber Emeraude, aber bei ihr fühlte er sich sicher.

Auf jeden Fall sicherer, als er sich fühlen würde, wenn er allein hier gehockt hätte.

»Gehen wir?«, fragte Emeraude.

Er stand auf.

»Wenn Joseph mich findet, was dann?«, fragte er.

»Zerbrich dir darüber nur nicht den Kopf.«

»Ich will es wissen.«

»Dreh dich mal um.«

Er drehte sich um. Emeraude klopfte ihm den Staub von der Jacke. Beton war staubiger, als er gedacht hatte.

»Vor Kurzem erst war hier ein Mann aus Bordeaux«, erzählte sie, während sie noch immer seinen Rücken abklopfte. »Joseph hat ihn eingesperrt und erst nach drei Tagen wieder freigelassen. Am selben Tag noch hat Joseph einen Alfa Romeo gekauft.«

Ate folgte Emeraude wieder mit etwa zehn Metern Abstand. Jetzt war ihm viel mulmiger zumute als auf dem Weg zum Brüsseler Südbahnhof. Da hatte er nur halb geglaubt, dass ihn jemand suchte.

Sie gingen durch ein altes Viertel mit hohen Häusern, drei oder vier Stockwerke voller Fenster, und hinter diesen Fenstern auf all diesen Etagen konnten ihn Leute beobachten. Und es tauchten auch ständig Leute auf – vor ihnen, hinter ihnen, links und rechts. Sie kamen unerwartet aus Eingängen, stiegen aus Autos, deren Türen unvermittelt aufgestoßen wurden, sie kamen joggend aus schmalen Gassen und flitzten auf Motorrollern aus Seitenstraßen heran.

Es war, als würde er Slender spielen, was er selbst nie gemacht hatte, aber er hatte es bei Geoff und Jack gesehen. Man geht ahnungslos – oder man ahnt schon etwas, das ist noch schlimmer – über die Straße, trallala, und dann taucht plötzlich Slender Man auf, ein dünner Kerl ohne Gesicht. Er will dich ermorden. Voll gruselig. Und das war nur ein Game. Jeder Passant sorgte bei Ate für schweißnasse Hände. Nicht, dass sich jemand für ihn interessierte, aber das konnte beim nächsten Fußgänger anders sein.

Er traute sich nicht mehr, auf sein Handy zu schauen. Eine einzige Sekunde Unachtsamkeit konnte ihm zum Verhängnis werden.

Emeraude blieb an einem Automaten stehen und lächelte ihn an – ihr übliches Mini-Lächeln, aber immerhin. Auf dem Gehweg stand eine lange Reihe identischer hellgrüner Fahrräder mit gelben Schutzblechen. Gut! Sobald er auf so einem Rad saß, würde er sich besser fühlen.

Emeraude folgte den Anweisungen auf dem Display.

»Darf ich deine Bankkarte haben?«, fragte sie und hielt ihm die Hand hin.

Er gab ihr seine EC-Karte.

Sie sah sich beide Seiten genau an. »Hast du auch eine Visa-Karte?«

»Das ist alles, was ich habe.«

Sie gab ihm die Karte zurück. »Es geht nur mit Visa-Karte. Komm.«

»Wieso?« Trotzig blieb er stehen. »Kannst du's nicht wenigstens versuchen?«

Sie legte ihm die Hand auf den Arm.

»Ate.«

Sie liefen weiter. Die lange Reihe hellgrüner Fahrräder schaute ihnen ungerührt nach.

»Es gibt viele Fahrräder in Brüssel«, sagte Emeraude. »Wir können uns bestimmt irgendwo Räder … leihen.«

Die kurze Pause vor dem Wort »leihen« beunruhigte ihn. Meinte sie etwa, dass sie Fahrräder klauen wollte?

Er ging wieder ein paar Meter hinter ihr. Er wollte nicht weiter durch die Stadt irren, aber Fahrräder klauen wollte er auch nicht. Sie würden auf jeden Fall Probleme bekommen. Die Frage war nur, ob sie von den Gangsterfreunden erwischt würden oder beim Fahrradklau. Konnte er nicht besser einen Polizisten suchen und einfach die Wahrheit erzählen?

Das Problem war: Er hatte schon mal Blödsinn gemacht. Als er sieben oder acht gewesen war, standen eines Tages zwei koreanische Studenten vor der Tür. Sie gingen davon aus, bei ihnen wohnen zu können. Ate war genauso erstaunt gewesen wie seine Mutter. Er hatte gedacht, Internet sei eben Internet, wie ein Wii-Spiel, ohne Folgen in der Wirklichkeit.

Und dann war da noch die Riesenbestellung LEGO Technic, die seine Mutter jede Menge Geld gekostet hatte.

Wenn seine Mutter jetzt einen Anruf von der Brüsseler Polizei bekam, zogen sie wirklich in diesen unterirdischen Bunker aus Anti-WLAN-Beton, von dem sie immer sprach (egal wie oft er ihr erklärte, es müsse – wenn schon – Anti-WLAN-*Signale*-Beton heißen). Und dann kündigte Aline ihren Job, damit sie ihm nichtdigitalen Unterricht zu Hause geben konnte. Auf jeden Fall würde er das Internet nie wieder zu Gesicht bekommen.

»Ich hab noch mal darüber nachgedacht«, sagte Emeraude. »Wir sollten uns besser doch keine Räder leihen.«

Sie waren am Ende einer abseitigen Gasse mit Kopfsteinpflaster angekommen. Auf halber Strecke war eine Garage mit offenem Tor. Davor standen drei Motorroller nebeneinander, verbunden mit einem langen schwarzen Kabel durch die Vorderräder. Sie waren gerade eben daran vorbeigeschlendert. Jetzt kniete sich Emeraude runter zu ihrer Fußballtasche und zog den Reißverschluss auf, aber nicht so weit, dass Beyoncé herauskonnte. Sie zog eine Art Kneifzange hervor, die sie unter ihrer Kapuzenjacke verbarg. Sie machte die Tasche wieder zu und gab sie Ate.

»Hast du immer einen Bolzenschneider dabei?«, fragte er.

»Ja, und ein Huhn«, sagte sie, ohne die Miene zu verziehen. »Geh nie ohne Huhn aus dem Haus!«

Wenn sie jemand gewesen wäre, über den er lachen wollte, hätte er das jetzt wahrscheinlich getan, aber so jemand war sie leider nicht.

»Nach der nächsten Ecke springst du hintendrauf«, sagte sie.

Er ging weiter über den schmalen Gehweg bis kurz vor der nächsten Straßenecke. Dort drehte er sich um.

In drei Sekunden war es vorbei. Emeraude war schon bei den Motorrollern, zog den Bolzenschneider unter ihrer Kapuzenjacke hervor, schnitt das Kabel durch, stieg auf den ersten Roller, startete und fuhr weg, den Bolzenschneider noch in der Hand.

Ein Mann im Overall stürmte aus der Garage, aber er konnte ihr nur noch einen Schraubenschlüssel oder so was hinterherwerfen – nicht getroffen! – und ihr nachschauen, die Hände in die Hüften gestemmt.

Ate bog um die Ecke; zwei Sekunden später hielt Emeraude genau vor ihm, einen Fuß am Boden. Er stellte die Fußballtasche auf den Sozius, kletterte selbst dazu, Emeraude gab ihm den Bolzenschneider und weg waren sie. Er war beeindruckt, obwohl er das eigentlich nicht wollte. Aber sie war beeindruckend. Sein Herzschlag ging lebensbedrohlich schnell, obwohl er nichts gestohlen hatte. Sie wirkte total entspannt. Als würde sie jeden Tag Motorroller stehlen.

Was sie ja vielleicht auch tat. Was wusste er denn schon über sie?

Der Verkehr in Brüssel war viel chaotischer als zu Hause. Richtige Fahrradwege sah er kaum. Sie wurden regelmäßig geschnitten und in die Enge getrieben, und drei- oder viermal wären sie fast zwischen Bussen und Lastwagen zerquetscht worden. Trotzdem fühlte er sich hinter Emeraude auf dem Roller sicherer als zu Fuß. Auf jeden Fall konnten sie mehr Tempo machen, was wichtig war, wenn sie tatsächlich verfolgt würden.

Viel Platz gab es nicht. Die Fußballtasche passte nur knapp zwischen sie. Wegen des vorbeirasenden Verkehrs versuchte Ate, die Beine möglichst wenig auszustrecken, und schielte auf sein Handy. Der blaue Punkt bewegte sich allmählich gen Osten. Wie weit mussten sie fahren, bis es nicht mehr gefährlich war, den Zug zu nehmen?

Er sah Bilder, die er zu Hause nicht sah. Ein magerer Mann mit Lendentuch und Turban schob einen Einkaufswagen voller Melonen vor sich her. Männer in langen Gewändern saßen in Gartenstühlen am Straßenrand und rauchten. Und in dem ausgebrannten Skelett eines Autos saß ein kleines Mädchen auf dem Fahrersitz, die Hände schwebend vor sich ausgestreckt, als hielte sie ein Fantasie-Steuer fest. Während sie vorbeifuhren, folgte das Mädchen Ate mit ihrem Blick.

Sie warteten vor einer roten Ampel, als Emeraude hinterhergepfiffen wurde.

»Hey, chérie!«

Rechts neben ihnen stand ein dunkelrotes Cabrio. Ein Mann mit verspiegelter Sonnenbrille lachte sie an, eine Hand locker auf dem Lenkrad. Er sagte etwas auf Französisch, das Ate nicht verstand.

Emeraude antwortete in der Sprache, in der sie mit dem Huhn gesprochen hatte; jedenfalls hörte es sich in Ates Ohren genauso an. Das Gesicht des Mannes wurde finster, er schnalzte mit der Zunge und rief ihr etwas nach, aber Emeraude brauste schon über die Kreuzung, obwohl die Ampel noch rot war. Als sie sich umschauten, sahen sie, dass der Sportwagen abgebogen war.

Emeraude hielt am Wegrand an. Sie prüfte, ob von hinten Verkehr kam.

»Was hat er gesagt?«

»Dass ich gut aussehe.«

»Und was hast du gesagt?«

»Dass ich Respekt vor seiner Weisheit und seinem Alter habe.« Als eine Lücke in dem Autostrom entstand, schoss sie in einem großen Bogen über die Straße und fuhr zurück in die Richtung, aus der sie kamen.

Ab diesem Moment bewegte sich der Punkt auf Ates Handy Richtung Westen.

Wieder fuhren sie an dem ausgebrannten Auto vorbei. Das Mädchen in dem Gespensterauto war zum Glück verschwunden, ihr Blick hatte Ate Schauer über den Körper gejagt.

Die Stadt hörte nicht auf. Sie fuhren und fuhren, aber immer noch türmten sich die Gebäude zu beiden Seiten auf. Die Häuser wurden zwar niedriger und es schien, als wären sie nicht mehr in der großen Stadt, sondern in einem großen Dorf, allerdings einem Dorf aus einem Albtraum, einem Dorf, das sich endlos erstreckte. Oder sie waren in einem mittelmäßigen Zeichentrickfilm, in dem die Macher als Sparmaßnahme immer denselben Hintergrund benutzt hatten. Das konnte natürlich auch sein.

Inzwischen fiel Ate vor Hunger fast vom Roller. Sie hielten bei einer Tankstelle, gingen zur Toilette und kauften dann zwei Baguettes und Cola.

Emeraude wollte Beyoncé aus der Tasche lassen, also nahmen sie die Papiertüten mit zu einer Rasenfläche neben der Tankstelle. Das Stückchen Grün war mit grauen Betonklötzen abgegrenzt – wahrscheinlich um zu verhindern, dass Leute ihre Autos dort parkten. Ate setzte sich auf einen Betonklotz und nahm einen Bissen.

Emeraude hob Beyoncé aus der Fußballtasche. Dieses Mal fing das Huhn nicht sofort an herumzuscharren, sondern blieb stehen, wo es hingestellt worden war. Es rührte keine Kralle und bewegte auch den Kopf kaum. Emeraude holte wieder eine Handvoll Körner aus ihrer Hosentasche und streute sie unter Beyoncés Schnabel aus. Sie goss Wasser in eine Schale und schob sie dem Huhn zu. Die ganze Zeit über murmelte sie vor sich hin. Es klang wie: »Komm nur, Herzchen, nun iss was, trink ein wenig, das tut dir gut.« Ob sie das wirklich sagte, wusste Ate nicht, weil sie wieder in der ihm unverständlichen Sprache redete.

Das Huhn rührte sich nicht.

Erst als Ate sein Baguette aufgegessen hatte und durch den Strohhalm das letzte Restchen Cola schlürfte, fing Beyoncé vorsichtig zu picken an.

Emeraude setzte sich neben ihn und nahm den ersten Bissen von ihrem Brot, den Blick auf das Huhn gerichtet.

»Ça va?«, fragte sie. Alles okay?

Er wischte sich den Mund mit einer Papierserviette ab und hob die Schultern. Er fühlte sich jetzt viel besser, aber er war noch immer wütend, dass Emeraude sich für Baptiste ausgegeben hatte, wenn also etwas besser war, würde er das nicht zugeben.

»Wie findest du Geoff und Jack *wirklich*?«, fragte er.

Sie machte erst den Mund leer. Und zwar in aller Seelenruhe.

»Cool.«

Sie log. Er hörte es an ihrer Stimme. Wahrscheinlich hatte sie es selbst auch gehört, denn sie sagte: »Willst du das echt wissen?«

»Deine Wahrheit.« Er versuchte es so zu sagen, dass sie hören konnte, dass sie und die Wahrheit für ihn eine überraschende Kombination bildeten.

»Ich finde Geoff und Jack …« Sie suchte nach einem Wort. »Wie Süßigkeiten.«

Was sollte das denn? So was Blödes hatte er ja noch nie gehört.

»Wie Süßigkeiten«, wiederholte sie, deutlich zufrieden damit, diese Wörter irgendwo in ihrem Hinterkopf aufgestöbert zu haben. »Denk mal darüber nach.«

Das hatte er nicht vor.

Er ging zur Tankstelle und warf die Coladose und die Papiertüte in den Abfalleimer. »Denk mal darüber nach.« Was bildete die sich eigentlich ein?

Er hatte die Nase gestrichen voll von Emeraude, also ließ er sie sitzen, wo sie saß, und ging zu dem Roller, der neben dem Shop geparkt war. Plötzlich wurde ihm klar, dass das hier seine Chance war. Er wollte Emeraude doch loswerden, oder? Jetzt war die Gelegenheit!

Er schob den Roller vom Ständer und kletterte auf den Sitz. Wie startete man so ein Teil? Er hatte keine Ahnung. Er drehte an den Hebeln am Lenker. Nichts geschah. Er warf Emeraude einen flüchtigen Blick zu. Sie saß etwa zwanzig Meter entfernt und sah sich seine Versuche gelassen an. Musste man den Roller vielleicht antreten? Aber womit? Ate stieg ab, um zu schauen, ob es vielleicht ein ausklappbares Pedal gab, aber er sah nur einen Ständer und Fußstützen, die sich keinen Millimeter bewegten. Mit denen konnte man auch eindeutig keinen Motor starten.

Ate stieg wieder auf und versuchte es ein weiteres Mal mit den Handgriffen, ohne Erfolg. Er gab auf. Er stellte den Roller wieder auf den Ständer, setzte sich auf den Boden und wartete, bis Emeraude mit dem Essen fertig war.

Dann kam sie – endlich. Er erwartete, dass sie ihm die

Fußballtasche wieder reichen würde. Stattdessen hielt sie ihm eine geschlossene Faust hin.

Er begriff, was sie von ihm wollte, aber er tat es nicht. Warum sollte er? Dann tippte sie selbst mit dem Zeigefinger ihrer anderen Hand auf ihre Faust. Auf dieses Kommando hin drehte sie die Faust um und öffnete sie. Ein Schlüssel lag in ihrer Handfläche.

Aha. So funktionierte das.

Er stand auf und schaute zu ihr rauf. Ihr Gesicht verriet nichts von ihren Gedanken, aber ihr war sicherlich klar, dass er hatte abhauen wollen. Er entschuldigte sich nicht. Sie hielt ihm den Schlüssel noch immer hin, aber er griff nicht danach.

Dann steckte sie ihn selbst ins Zündschloss, das er völlig übersehen hatte, und reichte ihm die Fußballtasche. Er zog den Reißverschluss ein kleines Stück auf. Sofort steckte Beyoncé den Kopf durch die Öffnung und schaute sich neugierig um. Er verstand nichts von Hühnern, aber frische Luft würde ihr bestimmt guttun.

Da fuhren sie wieder durch das Dorf ohne Ende: Emeraude vorn, Beyoncés Hühnerkopf in der Mitte und er hinten.

Süßigkeiten.

Das Wort spukte ihm immer noch durch den Kopf. Er hatte Geoff und Jack nie als »Süßigkeiten« betrachtet, und das Wort traf überhaupt nicht, was sie für ihn bedeuteten. Aber er hörte eine leise Stimme in sich, die ihm sagte, dass Emeraude auch ein klein wenig recht hatte. Geoff und

Jack enthielten keine Nährstoffe, die man zum Wachsen brauchte. Sie waren überflüssiger Luxus, etwas für verwöhnte Jungen, die Zeit und Geld hatten, stundenlang auf einen Bildschirm zu starren, auf dem man sah, wie zwei Jungen auf einen Bildschirm starrten und sinnlose Spiele spielten. Das machte Ate nur noch wütender. Er konnte es nicht ausstehen, dass sie recht hatte, auch, wenn es nur ein kleines bisschen war.

Um seine Gedanken anzuhalten, erzählte er Beyoncé, was es zu beiden Seiten der Straße alles zu sehen gab. Sie passte vorbildlich auf.

Und dann, Stunden später, waren sie plötzlich doch raus aus der Stadt. Links und rechts lagen Weiden, getrennt durch Bäume und Sträucher. Er sah schlanke Pferde auf hohen Beinen. Weiße und braune Schafe mit Lämmchen. Zum ersten Mal hatte er das Gefühl, sie kämen voran. Aber das war, bevor der Motor aussetzte, sie Tempo verloren und schließlich zum Stillstand kamen.

Sie standen neben dem Motorroller. Emeraude hatte auf sämtliche Arten versucht, das Ding wieder in die Gänge zu kriegen, aber sie hatte es nicht geschafft.

»Ich glaube, unser Sprit ist aus«, sagte sie munter.

Als wäre das nichts Großes. Als würden sie dadurch überhaupt keine Züge verpassen. Als könnte er seine Rückfahrpläne deswegen nicht vergessen – zum zigsten Mal.

»Hättest du nicht auf die Benzinuhr achten können?«, fragte er.

»Die ist kaputt. Sie stand schon die ganze Zeit auf null.«

Hätte sie dann nicht besser einen Roller klauen können, dessen Benzinuhr nicht auf null stand, wollte er fragen. Doch er wusste selbst natürlich auch, dass sie andere Dinge im Kopf gehabt hatte als Benzinuhren, also hielt er den Mund. Aber er nahm es ihr trotzdem übel.

Sie spähten auf den gepflasterten Weg vor ihnen. Und den dahinter. Natürlich hätten sie gerade eben tanken sollen, als sie die Gelegenheit dazu gehabt hatten. Hier war weit und breit keine Tankstelle. An solchen Wegen gab es die nun mal nicht.

Jetzt, nachdem der Wind sich gelegt hatte, war es still. Ein grau geschecktes Pony stand neben einem einsamen Baum und sah ihn an. In der Ferne zischte eine Sprinkleranlage.

Er checkte Google Maps. Die nächste Tankstelle war eine Ewigkeit entfernt und lag auch noch in der falschen Richtung. Der nächste Bahnhof war Aalst, und das war auch nicht gerade nah.

»Darf ich mal schauen?«

Emeraude studierte die Karte. Dann gab sie ihm sein Handy zurück und griff nach den Henkeln der Fußballtasche. Vorsichtig, damit sie Beyoncés hervorlugenden Kopf nicht berührten.

»Gehen wir zu Fuß weiter?«

Es klang, als hätte sie durchaus Lust auf eine stramme Wanderung.

Den Roller ließen sie stehen.

Emeraude ging voran. Er folgte ihr und trat auf ihren Schatten, der genauso groß war wie sie selbst. Um sie herum summten Fliegen. Sie hätten auch nebeneinandergehen können, weil es hier kaum Verkehr gab, aber er war müde und hatte keine Lust zum Reden. Er sah sich den internationalen Fahrplan an. Wenn er um dreizehn nach acht in Aalst abfuhr, kam er um zwei Uhr nachts in Groningen an. Das konnte noch klappen, jedenfalls wenn er unterwegs Glück hatte.

Aber hatte er heute Glück? Nicht wirklich.

Sie waren kaum zehn Minuten gelaufen, als Emeraude die Fußballtasche abstellte und ihn bat, mal kurz zu warten. Sie ging über einen überwucherten Traktorpfad in Richtung eines grauen Hauses, das ein wenig abseits der Straße lag. Ate setzte sich in die Böschung und schloss einen Moment die Augen. Er spürte die Nachmittagssonne auf seinem Gesicht.

Emeraude rüttelte ihn wach. Lange konnte er nicht geschlafen haben, aber er brauchte ein paar Sekunden, bevor er wieder wusste, wo er war.

»Das Haus steht leer.« Emeraude hockte neben ihm. »Lass uns heute Nacht hierbleiben.«

Er setzte sich auf.

»Wieso? Nein!«

Sie zählte die Vorteile auf: »Beyoncé muss aus der Tasche. Wir sind nicht mehr in Gefahr. Warum sollten wir nicht hierbleiben?«

Sie vergaß noch zu erwähnen, dass er mit ein wenig Pech, wenn sie sich verliefen oder der Zug Verspätung hatte, diese Nacht sowieso nicht mehr nach Hause kam.

»Drinnen steht ein *Kanapee*.«

»Ein was?«

»Ein Fauteuil. Zum Sitzen.«

Ah, ein Sofa.

Vielleicht war es wirklich am besten, hier zu übernachten. Der Fußweg nach Aalst war nicht mehr sehr weit. Wenn sie morgen vor elf Uhr im Zug saßen, wäre er noch immer vor seiner Mutter zu Hause.

»Das *Kanapee* ist weich«, fuhr Emeraude fort. »Sitzt sich echt gut. Und liegen kann man darauf auch.«

Er stand auf und ging an ihr vorbei in Richtung des grauen Hauses.

»Morgen früh machen wir uns sofort auf den Weg«, rief er über die Schulter. »Und wenn unterwegs irgendwo ein Bus ist, nehmen wir den.«

Sie brauchten kein Fenster einzuschlagen, um ins Haus zu gelangen. Die meisten Scheiben waren schon zerbrochen und außerdem fehlte die Haustür. Nur die Scharniere steckten noch im Gemäuer. Durch die Türöffnung gelangten sie direkt in ein muffiges, dunkles Wohnzimmer. Der Hausrat, der dort rumstand, war kaputt. Dem Sofa fehlten beide Vorderbeine, wodurch es nach vorn gekippt stand und man unmöglich darauf sitzen oder liegen konnte.

»Das ist seltsam«, sagte Emeraude, ohne mit der Wimper zu zucken. »Gerade eben war es noch heil.« War das hier etwa ihr großartiges *Kanapee*?

Sie erkundeten den Rest des Hauses. Die anderen Räume – winzige Löcher – waren noch beklemmender, dreckiger und dunkler als der Hauptraum.

Während Ate sich in dem »Wohnzimmer« umschaute, an dem nichts Wohnliches war, und sich fragte, ob er hier wirklich die Nacht verbringen wollte, holte Emeraude Beyoncé aus der Tasche, streute eine Handvoll Futter aus und füllte das Schälchen mit Wasser. Sie klappte ein paar Fensterläden auf, wodurch es etwas weniger dunkel wurde. Und sie trat so lange gegen die Hinterbeine des Sofas, bis sie abbrachen – clever, denn jetzt war die Oberfläche wieder horizontal. Sie konnten darauf sitzen, zwar niedrig, aber immerhin.

Ate wollte gern helfen, wusste aber nicht so recht, was er

tun könnte. Emeraude zog einen Schraubenzieher aus ihrer Tasche, in der sich auf magische Weise offenbar alles materialisierte, was sie gerade zufällig brauchte.

»In der Küche hängen Regale an der Wand«, sagte sie. »Nimm die mal ab, fürs Feuer.«

Er hebelte die Bretter mit dem Schraubenzieher los – das machte richtig Spaß! Dann trat er einen abgewrackten Holzstuhl auseinander. Im Flur fand er noch einen alten Bilderrahmen. Als er mit den Armen voll Feuerholz ins Zimmer kam, kniete Emeraude auf dem Boden. Im Kamin brannte ein Feuer. Ate stapelte das Holz neben dem Kamin. Sie schoben das beinlose Sofa näher ans Feuer und setzten sich. Neben ihnen flatterte Beyoncé auf einen Buffetschrank, dem eine Tür fehlte. Die andere hing schief in den Angeln. Emeraude reichte Ate eine Flasche Wasser. Er nahm einen Schluck, sie nahm einen Schluck und sie schauten in die Flammen. Es war fast gemütlich.

Dann klingelte sein Handy. Er erschrak – sein erster Gedanke war, dass es Joseph sein könnte. An Emeraudes Gesicht sah er, dass sie dasselbe dachte. Wieder klingelte das Handy. Er erkannte die Nummer. Er holte ein paarmal tief Luft und nahm ab.

»Hallo, Mam«, sagte er.

»Mein Schatz, wie gehts?«

Einen Moment lang wusste er nicht, was er sagen sollte. »Wie schön, deine Stimme zu hören«, fiel ihm schließlich ein. Das stimmte zwar, aber es war auch superblöd, das zu sagen, weil *sie* es immer sagte und er nie. Sofort schöpfte seine Mutter Argwohn.

»Sag mal, ist was? Ist alles in Ordnung bei dir?«

Tu ganz normal!, sagte er zu sich selbst. Und normal war: auf dem Computer rumtippen und gleichzeitig abwesend mit ihr reden.

»Ja ...« Weil kein Bildschirm da war, schaute er zu Beyoncé. Sie saß noch auf dem Schrank, etwas höher als er, und hielt den Kopf schräg, als folge sie dem Gespräch aufmerksam. »Und bei dir?«

Seine Mutter legte los. Sie hatte sich mit Greg wunderbar am Strand den Wind um die Nase wehen lassen und dann fing es an zu regnen, kein kalter Regen, eher eine lauwarme Dusche, und da hatten sie den ganzen Strand für sich allein gehabt. Greg war wie ein junger Hund hin- und hergerannt.

Er fragte sich, ob die Worte »junger Hund« richtig gewählt waren. Greg war ein Rugby spielender Riese von gut einem Meter neunzig. Aber das Einzige, was Ate sagte, war »hm«,

»oh?« und »toll«. Er hatte gelernt, nicht allzu genau auf alles einzugehen, was mit Greg zu tun hatte, denn was immer er auch sagte, es war falsch. Und dann fühlte sich seine Mutter schuldig und kam eher zurück, was niemand wollte, sie nicht, Greg nicht und er nicht. Und dieses Wochenende schon mal gar nicht.

Trotzdem fragte sie es. »Soll ich morgen ein wenig früher nach Hause kommen?«

»Nein!« Ups, das klang viel zu scharf. »Nicht nötig. Ich gehe nachmittags vielleicht zu Freunden …« Das war genial! So hatte er eine Ausrede, spät nach Hause zu kommen. Und seine Mutter begriff auch, warum er vielleicht ein bisschen angespannt klang, na ja, jedenfalls dachte sie, es zu verstehen. Er ging nie zu Freunden, weil seine Freunde keine Freunde waren, sondern Fremde, von denen er nur den Namen kannte und die Marke ihres Handys, und eventuell noch ihre letzte Mathematiknote.

Mehr nicht.

»Wie schön!«, sagte seine Mutter. »Zu wem genau?«

»Zu Bas … vielleicht kommen auch noch ein paar andere. Eine Runde gamen.«

»Das wird bestimmt sehr nett«, sagte seine Mutter.

Sie dachte, er würde sich deswegen Sorgen machen. Er sagte nichts.

»Bist du zum Abendessen zu Hause?«

»Vielleicht nicht. Ich schreibe noch.«

Sie sagte noch ein paar mütterliche Sachen, er murmelte was Neutrales zurück und dann legten sie auf.

Emeraude schaute ihn mit gerunzelter Stirn an. Zur Abwechslung wusste er auch mal, was sie dachte: Warum lügst du deine Mutter an?

»Darum«, sagte er.

»Darum?«

»Ja«, sagte er. »Warum? Darum.«

Da saßen sie nun, mit hochgezogenen Knien auf dem beinlosen Kanapee am Feuer. Ab und an legte Emeraude Holz nach. Am liebsten hätte Ate auf seinem Handy gedaddelt, aber er beherrschte sich. Inzwischen hatte er nur noch achtzehn Prozent und im Haus gab es natürlich keinen Strom, er konnte sein Handy also nicht aufladen.

»Sorry«, sagte Emeraude.

»Wofür?«

»Sorry, dass ich so getan habe, als wäre ich Baptiste. Aber ich habe es erst selbst versucht, sogar dreimal. Mir hast du nicht geantwortet. Baptiste schon.«

Er konnte sich nicht daran erinnern. Er wusste aber noch, dass ihm Baptistes Profilfoto sofort gefallen hatte.

»Als wir uns dann jeden Tag geschrieben haben, kamst du dir da nicht ein wenig gemein vor?«, fragte er.

»Ja und nein.«

»Wieso nein?«

»Ich hab dich angelogen, das stimmt. Und ich hab dein Geld genommen. Aber ich habe mir gesagt: Dieser Junge ist reich. Es tut ihm nicht weh. Und er ist kein echter Freund von Baptiste.«

»Wieso nicht? Was soll denn das heißen? Warum war ich kein ›echter‹ Freund?«

»Woher kommt Baptiste?«

»Was hat das damit zu tun?«

»Sag es mir.«

»Afrika?«

»Welches Land?«

»Keine Ahnung, aber was soll das, wir haben jeden Tag geschrieben, jeden Tag! Ich habe mich immer darauf gefreut! Und er auch, dachte ich jedenfalls, weil ich ja nicht wissen konnte, dass du es warst, die mich da anlog!«

Emeraude blieb ruhig.

»Warum ist Baptiste eigentlich nach Belgien gekommen?«

»Er ist nicht nach Belgien gekommen! Er war eine Sie! *Du* warst es!«

»Du hast nicht danach gefragt.«

Ate stand auf.

»Er hat schon gefragt, wie es dir ging.«

Ate ging zur Tür, blieb aber aus irgendeinem Grund im Türrahmen stehen, mit dem Rücken zu ihr, sodass er noch verstehen konnte, was sie sagte, obwohl sie leise sprach: »Du hast ihm Geld geschickt, aber hast du das getan, um ihm zu helfen? Oder hattest du Angst, ihn zu verlieren? Du bist nach Brüssel gefahren, aber hast du das wirklich für ihn getan? Oder wolltest du nur, dass er dir weiterhin schreibt?«

Die Wasserspülung der Toilette funktionierte nicht, also

pinkelte er hinter dem Haus gegen einen Baum, dessen Stamm mit Efeu umrankt war. In dem dunkelblauen Abendlicht sah es aus, als spritzte eine orangefarbene Bombe ganz langsam auseinander.

Es dämmerte, als er wieder ins Zimmer kam. Emeraude kniete am Feuer und las ein Buch – natürlich auch aus der Zaubertasche. Neben dem Sofa blieb er stehen. Vielleicht war er wirklich kein guter Freund für Baptiste gewesen – obwohl sich das schon komisch anhörte, weil Baptiste ja nicht echt war.

Sie legte das Buch weg.

»Und, woher kommst du?« Er wusste nicht so recht, ob er es wirklich wissen wollte oder Streit suchte.

»Aus dem Kongo.«

Das lag in Afrika, da war er sich schon sicher, aber er hätte nicht auf der Weltkarte darauf tippen können.

»Warum bist du von dort weggegangen?«

»Unser letzter Lehrer ist gestorben.« Sie drehte sich um und nahm wieder die Haltung an, in der sie zuvor gesessen hatte, mit hochgezogenen Knien, den Rücken gegen die Lehne, das Gesicht zum Feuer gewandt. Sie zeigte auf den Platz neben sich.

Er setzte sich wieder hin. Ihre Knie bildeten eine Bergkette zwischen ihnen und dem Feuer.

»Er konnte nur mit Kühen rechnen.«

»Was?«

»Zwölf plus zehn Kühe macht zweiundzwanzig Kühe.«

»Aber warum bist du jetzt weggegangen?«

»Ich kann auch ohne Kühe rechnen.«

Sie war schlau. Sonst wäre es ihr niemals gelungen, ihn monatelang glauben zu lassen, sie sei ein Junge, der Geoff und Jack genauso toll fand wie er. Sie war ein Catfish und er hatte es nicht bemerkt. Und sie war auch schlau genug, sich zu überlegen, was sie alles in ihre Fußballtasche stopfen musste.

»Meine Mutter wollte, dass ich eine gute Schule besuche«, fuhr sie fort. »Am liebsten in Belgien. Ein Onkel wollte meine Reise bezahlen. Joseph.«

Er war ihr Onkel!

»Für meine Mutter bezahlte er nicht. Und sie hatte kein Geld.«

Also war ihre Mutter zurückgeblieben. Und dann saß Emeraude da, mit einem Gangster in Brüssel.

»Als ich erst einmal in Brüssel war, fand Joseph es nicht mehr so wichtig.«

»Was?«

»Schule.«

»Aber du bist schon in Belgien zur Schule gegangen, oder?«

»Zwei Jahre lang, gerade genug, um Niederländisch zu lernen.

Und jetzt schon wieder fast zwei Jahre nicht.«

»Aber musst du denn nicht zur Schule?«, fragte er. »Ich muss zur Schule.«

»Du hast Papiere. Ich nicht. Belgien weiß gar nicht, dass es mich gibt.«

»Was hast du denn den ganzen Tag gemacht?«

Sie zählte auf. »Kochen, putzen, waschen, bügeln, Pakete wegbringen, Leute in seinen Friseursalon quatschen … Das mit dem Whatsappen kam später.«

Sie schauten in die Flammen. Eines der Bretter hatte Feuer gefangen und qualmte fürchterlich. Emeraude schnappte sich das Ende, das noch nicht brannte, zog es raus, brachte es nach draußen und setzte sich wieder neben ihn.

»Und jetzt?«

Er meinte eigentlich, was sie jetzt machen würden, essen oder ein Spiel spielen oder so was, aber Emeraude fasste es anders auf.

»In den Niederlanden gehe ich zur Schule. Und dann zur Universität, um Richterin oder Rechtsanwältin zu werden.«

Niemand aus seiner Klasse wusste schon, was er oder sie später werden wollte. Darüber hatten sie neulich noch in der Verfügungsstunde gesprochen. Emeraude wusste es: Richterin oder Rechtsanwältin. Das stand fest.

»Vielleicht kann meine Mutter dir helfen«, sagte er. »Sie findet Schule wichtig.«

»Du hast also nicht mehr vor, mich abzuschütteln?«

Sie hatte es gewusst. Vielleicht ab dem Moment, als er versuchte, den Motorroller anzuwerfen. Vielleicht auch von Anfang an.

»Nein«, sagte er. »Nicht mehr.«

»Bon.«

»Ich nehme dich mit, und dann kannst du zur Schule gehen«, sagte er.

»Super.«

»Und dann schreibst du deiner Mutter: ›Mam, ich gehe in Holland zur Schule. Es ist schrecklich! Wir haben drei Tage bis zur neunten Stunde! Im Sportunterricht müssen wir ständig auf blöde Geräte klettern. Mein Huhn darf nicht mit! Aber ich habs ja selbst so gewollt.‹«

Zum ersten Mal war ihr Lachen echt.

»Oder Präsidentin«, sagte sie. »Richterin, Rechtsanwältin oder Präsidentin.«

Und dann war es wieder Zeit für die Zaubertasche. Emeraude holte eine Tüte Chips hervor – Cheese & Onion, nicht Ates Lieblingssorte, aber jetzt trotzdem lecker – und stellte sie geöffnet zwischen sie hin. Beyoncé hatte auf die Tüte gemacht, wodurch ihnen die Chips jedoch nicht weniger schmeckten.

Dann tauchte eine weitere Flasche Wasser auf, und ein Knäuel Schnur. Emeraude rollte ein paar Meter ab und biss die Schnur durch.

»Ich kanns kaum glauben«, sagte er. »Du hast also doch was vergessen?«

Sie sah ihn fragend an.

»Eine Schere?«, sagte er.

»Ich?«, entgegnete sie, gespielt empört. »Etwas vergessen?« Aus dem Seitenfach ihrer Sporttasche zog sie eine Nagelschere, hielt sie hoch, damit er sie gut sehen konnte, und schob sie zurück.

Ein Ende der Schnur band sie Beyoncé ums Bein und das

andere um ihr Handgelenk. Wenn das Huhn sich davonmachen wollte, würde sie es sofort merken. Clever! Und wieder hatte sie sich das vorher genau überlegt.

Sie vereinbarten, am nächsten Tag früh loszuziehen, obwohl das nicht mehr so richtig wichtig war. Wenn er zu Hause mit Emeraude auftauchte, würde seine Mutter eh herausfinden, was er ausgefressen hatte. Er konnte ja wohl kaum so tun, als hätte er Emeraude im Garten gefunden. Was würde seine Mutter sagen? Dass er Internetverbot bekam, stand eh fest, aber wie lange? Er wollte jetzt nicht darüber nachdenken.

Sie aßen die Chips, tranken Wasser und schauten ins Feuer. Emeraude erzählte, dass sie fünfzehn war, Tschiluba sprach (*Was? Tschi-lu-ba!*), dass ihr Urgroßvater ein flämischer Abenteurer gewesen sei und die Belgier im Kongo schon längst nicht mehr das Sagen hatten, viele Kongolesen aber noch immer einen einzigen flämischen Satz kannten. Wusste er vielleicht, welchen? Nicht? Sie tat, als würde sie ihn wütend ansehen, hob den Finger warnend und sagte: »*Pasophe*, pass bloß auf!«

Ate erzählte, dass er dreizehn war und sie in Gedanken Lasergirl getauft hatte, als er ihren Namen noch nicht kannte.

»Warum denn das?«

»Na ja, sieh mal …« Ate näherte sein Gesicht ihrem und versuchte, ihre Gedanken mit seinem besten Laserblick kaputt zu schießen, aber er vermasselte es völlig, weil er losprustete.

Er fand es nicht schlimm, neben ihr zu sitzen und nicht zu Hause am Computer. Eigentlich hatte er seit Jahren nicht so einen schönen Abend gehabt. Reden war wie Whatsappen, nur in echt.

Als es draußen ganz dunkel war, stellten sie eine Tischplatte vor den Türrahmen, als Tür. Er legte sich auf dem Sofa auf die Seite, den Rücken zu Emeraude und das Gesicht zu den nachglühenden Resten des Feuers. Emeraude legte einen Arm um ihn.

»Ate?«, fragte sie, als sie schon eine Weile so da lagen. Sie roch noch immer ein wenig nach Lavendel.

»Ja?«

»Warum hast du Baptiste nichts gefragt?«

Mit einer Stimme im Dunkeln ließ sich leichter reden.

»Weil ich nicht wollte, dass er mich was fragt.«

Irgendwo hatte er es schon gewusst, aber trotzdem war es, als würde es ihm jetzt erst richtig klar. Er wollte keine Fragen, weil er sie nicht beantworten wollte, denn letztendlich ging es immer darum: Wie gehts? Die Wahrheit war, dass es ihm nicht gut ging. Dass ihm nichts Spaß machte, außer Schreiben mit Baptiste.

»Und jetzt habe ich mal eine Frage an dich, nein, zwei Fragen«, sagte er in die Dunkelheit.

»Ja?«

»Nummer eins: Was ist ein Frigo? Du hast gefragt, ob ich einen vollen Frigo habe.«

Sie lachte leise. »*Un réfrigérateur.* Worin man Lebensmittel kühl aufbewahrt.«

»Ein Kühlschrank!«

»Oui.«

»Nummer zwei: Was findest du so toll an der Schule?«

»*Ah bon* … eines Tages sah ich Kinder auf der Straße, sehr viele Kinder.« Im Dunkeln klang ihre Stimme singender als tagsüber, so schien es. »Ich war klein, drei Jahre vielleicht, nicht älter. Die Kinder gingen alle in dieselbe Richtung und trugen alle ein Bündel Stroh auf dem Kopf. Ich fragte meine Mutter: ›Mama, warum haben die Kinder Hüte aus Stroh auf?‹ Meine Mutter sagte: ›Sie gehen zur Schule. Die Ferien sind vorbei. Mit dem Stroh wird das Dach repariert. Alle müssen helfen, damit sie schnell wieder lernen können.‹ – ›Was denn?‹, wollte ich wissen. ›Na ja, dass eine Kuh vier Mägen hat und wie man Wörter liest.‹ Seitdem wollte ich zur Schule.«

»Das ist eine schöne Antwort.«

»Die Frage war auch nicht schlecht«, sagte sie.

Wenn die Stimme aus der Dunkelheit ihn gefragt hätte, warum er Schule blöd fand, hätte er erzählt, dass er die fünfte Klasse übersprungen hatte. Und dass das ein unglaublich blöder, katastrophaler Irrtum gewesen war. Seit dem ersten Tag in der sechsten fanden ihn alle klein und kindisch. Weil er klein und kindisch war.

Emeraude fragte ihn nicht.

Und das war auch gut so.

Es war schon hell, als Ate aufwachte. Er hob Emeraudes Arm behutsam hoch, kroch darunter hervor und legte ihn vorsichtig wieder hin. Das Feuer im Kamin war aus und im Raum war es kühl. Ate schaltete sein Handy an, um nach der Uhrzeit zu schauen. Es war 7:14 Uhr. Und er hatte zwei neue WhatsApp-Nachrichten.

»Baptiste« hatte ihm gestern zweimal geschrieben. Aber dahinter steckte natürlich dieser Onkel Joseph! Er hatte Emeraudes Handy, und Emeraude hatte ihn ja gewarnt, dass Joseph ihm Nachrichten schicken würde. Was hatte der gute Mann ihm wohl zu sagen?

Die erste Nachricht enthielt keinen Text, bloß ein Selfie. Von Baptiste. Ate konnte es kaum glauben. Aber es war wirklich der Junge, den er von den Profilfotos kannte. Dieses Mal schaute er nicht albern fröhlich, sondern unglaublich traurig drein.

Die zweite Nachricht bestand aus drei Wörtern.

Kommst du noch?

20:16

Ate schlich sich Richtung Tür. Gerade noch rechtzeitig sah er die Schnur zwischen Emeraude und dem Huhn. Er stieg darüber.

Wenn Emeraude aufwachte und ihm einen guten Morgen wünschte, wüsste er nicht, wie er schauen oder was er sagen sollte. Ate rückte die Tischplatte vor dem Türrahmen ein Stück zur Seite und schob sich durch den Spalt.

Draußen war es diesig. Ein seltsamer weißer Nebel entzog die Straße, über die sie gekommen waren, seinem Blick. Ate ging schnell ein paar Schritte über den überwucherten Traktorpfad, bis er die Straße wieder sehen konnte. Wenn Emeraude wach wurde und ihm folgte, würde er sie kommen sehen. Er sah sich Baptistes Selfie noch einmal an. Hinter ihm erkannte man eine Glastür, auf der in weißen Buchstaben stand: »Muntpunt«.

Also war Ate doch nicht auf einen Catfish hereingefallen! Baptiste kannte ihn doch! Er hatte gestern am Muntpunt auf Ate gewartet, genau wie sie verabredet hatten. Emeraude hatte gelogen: Sie war nicht Baptiste! Sie hatte ihre Nachrichten gelesen, das musste so sein, sonst hätte sie nicht so viel über ihn gewusst, aber sie hatte sie *nicht* verschickt.

Das hatte der echte Baptiste gemacht. Er war enttäuscht, dass Ate nicht da gewesen war. Er fragte, ob Ate noch kam.

Ate schaute über das Land, ohne viel zu sehen. Er versuchte, Emeraude zu begreifen. Warum hatte sie sich für Baptiste ausgegeben? Ihm fiel nur ein einziger Grund ein: Weil sie hoffte, dass Ate sie dann mitnehmen würde. Vielleicht wollte sie wirklich vor Joseph und Brüssel fliehen. Vielleicht wollte sie wirklich zur Schule gehen. Aber es war auch möglich, dass es diesen Joseph überhaupt nicht gab.

Es konnte auch sein, dass sie sich einen Gangster ausgedacht hatte, damit es so wirkte, als würde sie Ate helfen. Welche richtigen Beweise für seine Existenz hatte Ate schon gesehen? Keinen einzigen, oder?

Fast wäre er auf sie reingefallen! Was, wenn Baptiste sein Handy schon verkauft hätte, wie er es ja vorhatte? Dann hätte Ate nie herausgefunden, dass Emeraude gelogen hatte.

Ate öffnete Google Maps, schaute, wie lange der Fußweg nach Aalst dauerte, und schrieb Baptiste zurück.

Sorry!!!!!
7:17

Kannst du zum Bahnhof in Aalst kommen?
7:17

Ich bin gegen 10 Uhr dort
7:17

Er wartete eine Minute. Und noch eine, und noch eine. Keine Antwort. Schlief Baptiste noch? Wo denn?

Auf einem Stück Pappe? Auf einer Parkbank? Wenn er

nur nicht die ganze Nacht vor der Bibliothek gelegen hatte! Emeraude hatte gelogen und danach noch mehr gelogen, aber in einem Punkt hatte sie recht gehabt: Er hätte Baptiste mehr Fragen stellen sollen. Wüsste er doch nur, wo Baptiste schlief.

Ate saß schon eine Weile auf einer Sofaecke – dem Fußende von Emeraudes Bett –, als Beyoncé vom Buffetschrank flatterte. Die Schnur um Emeraudes Handgelenk spannte sich. Sie richtete sich ein wenig auf, stützte sich auf die Ellbogen und lächelte ihn an, wie nur sie es tat, mit dem kleinstmöglichen Lächeln.

Er lächelte freundlich zurück. Sein Plan war fertig. Er würde ihr nicht erzählen, dass er sie durchschaut hatte. Er vertraute ihr nicht, und sie war noch immer größer und stärker als er. Sie würden in aller Ruhe gemeinsam zum Bahnhof von Aalst laufen. Hoffentlich war Baptiste dann schon dort. Dann waren Baptiste und er zu zweit und sie würden weitersehen.

»Frühstück?« Sie holte zwei Äpfel aus ihrer Fußballtasche und gab ihm einen.

Sie ging zu dem Schrank, auf dem Beyoncé die Nacht verbracht hatte. In der fremden Sprache redete sie mit dem Huhn – also auf Tschiluba. Das Huhn rannte mit schnellen kleinen Schritten von ihr weg.

»Kein Ei heute«, sagte Emeraude. »Beyoncé mag es, wenn alles ganz normal ist.«

Er nahm einen Bissen von dem Apfel und lachte, weil er

erstaunlich sauer schmeckte, aber auch, weil ihn allmählich eine Art nervöse Freude überkam. Baptiste war doch sein Freund. Er konnte ihm doch noch das Samsung geben. Sie konnten weiterhin miteinander schreiben. Und dann wurde alles wieder genauso, wie es gewesen war, genauso, wie er es die ganze Zeit gewollt hatte. Wenn Baptiste jetzt bloß nach Aalst kommen konnte …

In seiner Hosentasche summte das Handy. War es Baptiste?

Emeraude, die gerade die Schnur von Beyoncés Bein losknotete, schaute auf. Ate wusste, was sie dachte. Sie dachte: Warum sieht er nicht nach, wer ihm eine Nachricht geschickt hat?

»Bestimmt meine Mutter«, sagte er.

Obwohl ihm vor Neugier ganz schlecht war, traute er sich nicht, jetzt zu schauen. Emeraude durfte nicht merken, dass er sich mit Baptiste verabredet hatte. Erst als sie Beyoncés Wasserschälchen füllte und ihm den Rücken zuwandte, öffnete er schnell WhatsApp.

Er hatte eine Nachricht von einer unbekannten Nummer. Das konnte nicht Baptiste sein.

Wer hat gesagt, dass ich keine WhatsApp schicken kann? Mama

7:34

Seine Mutter konnte wirklich nicht whatsappen, und Ate glaubte auch nicht, dass sie das am Wochenende gelernt hatte. Es gab nur eine Person, die diese Nachricht geschickt haben konnte.

> Greg, mich hältst du nicht zum Narren!
> 7:36

Er steckte das Handy weg.

Um Viertel nach acht waren sie wieder auf der kurvigen Landstraße unterwegs. Die Vögel zwitscherten und sangen um die Wette, als wollten sie gemeinsam die letzten Nebelreste verjagen.

Emeraude ging mit der Fußballtasche vorneweg, Ate folgte mit seinem Rucksack und der Kappe auf dem Kopf, die behauptete, er würde Waffeln lieben. Beyoncé hatte wenig Lust gehabt, wieder in die Tasche zu steigen, und war wild durch den Raum geflattert, aber schließlich hatte Emeraude sie erwischt. Jetzt wirkte das Huhn durchaus gut gelaunt. Es schaute aufmerksam zu den Äckern links und rechts und wieder zurück.

Ate beschleunigte seine Schritte, bis er mit Emeraude auf einer Höhe war.

»Als wir geschrieben haben«, fing er an, »fiel es dir da schwer, so zu tun, als wärst du jemand anderes?« Er wusste zwar, dass sie das überhaupt nicht getan hatte, weil der echte Baptiste ihm ja eine Nachricht geschickt hatte. Aber er war neugierig, was sie sich ausdenken würde.

»Eigentlich nicht, es war eine Rolle. Aber weißt du, was ich echt schwierig fand? Englisch. Mein Englisch ist nicht gut.«

»Aber Geoff und Jack sprechen nur Englisch!«

»Warum, meinst du, habe ich immer wieder von ihren T-Shirts angefangen? Und ihren Frisuren? Die konnte ich sehen.«

Sie log, weil sie niemals von was auch immer angefangen hatte. Allerdings log sie ziemlich gut.

»Und warum hattest du mich ausgewählt?« Er wollte wissen, was sie sich jetzt wieder einfallen ließ.

»Hatte ich dich denn ausgewählt?«

»Ja, klar.«

»Ich glaube, wir haben uns gegenseitig ausgewählt. Ich habe auf dich reagiert, aber du hast mir eine Antwort geschickt. Und das hast du immer wieder gemacht.«

»Hast du eigentlich noch mehr Leuten Nachrichten geschickt?«

Sie nickte.

»Wie vielen denn?«

»Das war unterschiedlich. Meist ungefähr dreißig Leuten am Tag.«

Er war beeindruckt. Sie spielte ihre Rolle wirklich überzeugend.

Ein lärmender Trecker fuhr auf einmal hinter ihnen. Sie blieben in der Böschung stehen, um ihn vorbeizulassen. Als er weg war, stellte Emeraude ihre Fußballtasche hin und griff plötzlich mit beiden Händen nach Ates Hand.

»Es tut mir wirklich leid«, sagte sie. »Gestern hast du mir nicht geglaubt, aber es ist wahr.«

»Was?«

»Es tut mir leid, dass ich dich habe glauben lassen, dass du einen Freund hattest. Ich musste Geld verdienen für Joseph. Und ich kannte dich nicht, du warst ein Foto auf einem Bildschirm, Geld, das überwiesen wurde. Aber jetzt … Es tut mir wirklich leid.«

Er wusste nicht, was er sagen sollte. Sie wirkte aufrichtig, dabei wusste er doch, dass sie log. Es war verwirrend.

»Komm!«

Sie griff wieder nach der Tasche. Nebeneinander gingen sie weiter.

Wüsste er nur, ob Baptiste nach Aalst kam!

Er sah das Problem schon von Weitem. Am Straßenrand tauchte ein gläserner Unterstand mit einem gelben Dach auf. Eine Bushaltestelle. Ob es ihm nun gefiel oder nicht. Vielleicht würde Emeraude sie übersehen?

»Ah, sieh mal dort«, sagte Emeraude. »Eine Bushaltestelle.«

Gestern hatte er gesagt, er wolle auf jeden Fall den Bus nehmen. Aber wenn sie das jetzt taten, würden sie viel eher in Aalst sein als Baptiste. Und wie sollte er Emeraude dann erklären, dass er noch nicht in einen Zug steigen wollte?

Einfach an der Haltestelle vorbeilaufen, das war am besten.

Emeraude stellte ihre Tasche an dem Pfahl mit dem Fahrplan ab und sah sich die Abfahrtzeiten eingehend an.

»Ich geh doch lieber zu Fuß«, sagte Ate.

»Warum?«

»Das Wetter ist doch schön.«

Er faselte mehr oder weniger zusammenhängend etwas darüber, dass ihm im Bus oft schlecht wurde, sie eigentlich ja auch keine Eile hatten und er zwar Tabletten gegen Reisekrankheit hatte, die aber nicht immer halfen und er sie ja auch gar nicht dabeihatte. Irgendwann hörte er einfach auf zu reden.

»Gestern hast du gesagt, du wolltest den Bus nehmen.«

»Das war gestern.«

Sie wurde argwöhnisch. Er sah sie denken – jeden Moment konnte sie zu der Schlussfolgerung gelangen, dass er nicht mit dem Bus fahren wollte, weil er nicht zu früh ankommen wollte, und dass er nicht zu früh ankommen wollte, weil er sich mit Baptiste verabredet hatte.

Schweigend standen sie sich gegenüber. Er schaute auf den Boden, weil sie sich wieder in Lasergirl verwandelt hatte, und auf ihren Laserblick hatte er gerade keine Lust.

Hinter ihm ertönte das Brummen eines schweren Motors. Natürlich kam ausgerechnet jetzt der Bus! Er sah schon vor sich, wie Emeraude ihn mit einer Hand stoppte, während sie ihn mit der anderen in einem eisernen Griff festhielt. Schnell trat Ate zwei Schritte zurück.

Ein Lastkraftwagen mit offener Ladefläche rumpelte an ihnen vorbei.

»Ate?«, sagte Emeraude. »Du bist so komisch. Was ist los?«

Er überholte sie, wollte weg von der Bushaltestelle und weg von ihrem Blick.

»Nichts.«

Zügig lief er weiter. Sie ist selbst schuld, dass ich sie anlüge, sagte er zu sich. Sie lügt selbst auch, vom allerersten Moment auf der Rolltreppe an hat sie gelogen. Muss ich dann die Wahrheit sagen?

Trotzdem behielt er das Gefühl, er würde etwas kaputt machen, etwas, für das er nicht so recht ein Wort hatte, etwas, worüber er gestern sehr froh gewesen war.

Nach ein paar Hundert Metern schaute er sich kurz um. Emeraude folgte ihm, jedoch auf Entfernung. Zwischen ihnen klaffte ein Loch von über zehn Metern. Das war seine Chance! Schnell checkte er WhatsApp. Hinter seiner letzten Nachricht an Baptiste standen zwei blaue Häkchen. Also wusste Baptiste, dass Ate zum Bahnhof nach Aalst ging! Aber kam Baptiste auch dorthin? Warum schrieb er nicht zurück?

Erst nachdem Ate noch dreiunddreißigmal geschaut hatte und erst nachdem die Batterie seines Handys auf 8 Prozent gesunken war, kam Baptistes Antwort:

> Ich komme. Bis gleich!
>
> 8:22

Er kam er kam er kam!

Sie gingen weiter. Sie sprachen nicht, sie aßen nicht, sie tranken nicht, sie gingen, er vorneweg und Emeraude ein Stück hinter ihm. Und sie gingen richtig.

»Aalst 5 km« stand auf einem Schild.

»Aalst 4 km« stand auf dem nächsten.

Je näher der Bahnhof kam, desto aufgeregter wurde er. In Gedanken sah er Baptiste auf der Kante eines Plastikstuhls in der Bahnhofshalle warten.

Er malte sich aus, wie er freudig aufsprang und auf ihn zu rannte, mit seinem strahlendsten Gesicht.

Ab und zu tauchte Emeraude kurz in seinen Gedanken

auf: Wie würde sie reagieren, wenn sie Baptiste entdeckte? Sie würde begreifen, dass Ate sie durchschaut hatte. Eigentlich war es ihm auch ziemlich egal. Jetzt ging es um Baptiste und ihn, um ihn und Baptiste. Gestern Abend noch hatte er geglaubt, der Baptiste auf den Profilfotos würde ihn gar nicht kennen. Und jetzt trafen sie sich!

»Aalst 2 km« stand auf einem Schild.

Sie gingen jetzt zwischen Häusern und über Fußwege mit Gehplatten. Aalst verschwand von den Schildern, weil sie dort angekommen waren. Richtungsweiser zeigten ihnen nun den Weg zur »Sankt-Martinus-Kirche«, zur »Touristeninformation« und zum »Stadtmuseum«. Und zum »Bahnhof«.

Auf einem Platz stand ein altes Gebäude mit einem Säulengang und einem Schlossturm mit Zinnen. Das musste der Bahnhof sein. Ate wollte am liebsten losrennen, aber er beherrschte sich. Er wartete kurz auf Emeraude und spazierte dann in aller Ruhe mit ihr über den Platz in die Bahnhofshalle.

Baptiste! Entspannt hing er am anderen Ende der Halle auf einer Bank ab und schaute auf sein Handy.

Emeraude griff nach Ates Arm.

»Weg hier!«, flüsterte sie. Sie wollte ihn mitziehen, zurück nach draußen, aber er blieb stehen.

»Los, komm, bevor er dich sieht!«

Er schüttelte ihre Hand ab, die Augen auf Baptiste gerichtet. Dieses Mal hatte er keine Angst, dass Emeraude ihn hochheben würde. So stark und so clever sie auch war, er hatte Baptiste gefunden und sie hatte nicht die Macht, ihn von ihm fernzuhalten.

Ein Mann in einem langen grünen Mantel, der neben Baptiste saß, rüttelte ihn an der Schulter. Baptiste schaute auf. Er sah Ate, sprang auf, kam halb rennend auf ihn zu. Der Mann im grünen Mantel folgte dicht hinter ihm, aber auf ihn achtete Ate nicht, weil Baptiste vor seiner Nase stand, breit lachend, genau wie auf seinem letzten Profilfoto. Er schob sein Handy in die Innentasche seiner Jacke und umarmte Ate kräftig. Ate umarmte ihn genauso. Baptiste war nur ein paar Zentimeter größer als er.

Unvorstellbar, dass Ate befürchtet hatte, es würde sich seltsam und fremd anfühlen!

Sie hielten einander auf Armeslänge Abstand, um sich besser anschauen zu können.

»Mon ami!«, sagte Baptiste. Mein Freund.

Baptistes Blick glitt zu einem großen Bildschirm mit Informationen über die Abfahrtzeiten.

Ate schaute neben sich zu der Stelle, wo Emeraude eben noch gestanden hatte. Sie war verschwunden.

»Viens!« Komm! Baptiste sagte noch mehr, aber Ate verstand es nicht. Wahrscheinlich so was wie: »Beeil dich! Der Zug fährt gleich ab!«

Jedenfalls griff er nach Ates Hand und gemeinsam rannten sie aus der Halle, um das Bahnhofsgebäude herum, durch einen Tunnel. Ate war noch nie im Leben glücklicher gewesen als jetzt, da er so hier rannte, Hand in Hand mit

Baptiste. Sie tanzten eine Treppe hinauf, ihre Füße im Gleichklang, tap-tap-taptap, und flogen über einen Bahnsteig in die offen stehenden Türen eines Zuges. Keuchend ließen sie sich auf die Sitze fallen, am Fenster, einander gegenüber.

Sie saßen kaum, als sich der Zug in Bewegung setzte. Wohin, wusste Ate nicht, und eine Fahrkarte hatte er auch nicht, aber was kümmerte ihn das schon? Endlich konnte er tun, weswegen er gekommen war!

Er öffnete den Reißverschluss der Vordertasche seines Rucksacks und griff nach seinem alten Samsung. Hätte er es einpacken sollen? Nein, es war ja kein Geschenk für Baptiste. Es war etwas für sie beide. Die Rettung ihrer Freundschaft.

Er gab Baptiste das Handy. Der nahm es mit fragendem Blick an.

»C'est pour moi?« Ist das für mich?

»So können wir uns weiterhin schreiben.«

»Ah oui.«

Schon komisch, dass er französisch sprach. Sie hatten sich nie auf Französisch geschrieben.

Ate griff wieder nach dem Handy, zeigte Baptiste das Wischmuster, mit dem es sich entsperren ließ, und gab es ihm zurück. Baptiste schaute sich lächelnd die Apps auf dem Display an, aber als sein eigenes Handy summte, legte er das Samsung auf das schmale Tischchen unter dem Fenster zwischen ihnen. Er zog sein Handy aus der Jacke, schaute drauf und fing an zu tippen, mit tanzenden Daumen.

Ate schaute nach draußen. Sie fuhren schon raus aus der Stadt, weg von Emeraude. Irgendwo tat es Ate doch leid. Sie hätte ruhig mitkommen dürfen. Aber na ja, dann hätte sie halt nicht weglaufen sollen. Warum war sie eigentlich weggerannt? Dachte sie, er wäre wütend auf sie?

Er schrieb Baptiste eine Nachricht:

> Hast du dein Handy
> doch nicht verkauft?
>
> 9:29

Ate hörte sie nicht ankommen. Das war seltsam, weil Baptistes Handy nicht stummgeschaltet war. Hatte er die Nachricht vielleicht nicht an die richtige Nummer geschickt? Ate checkte es: Nein, er hatte sich nicht vertan.

Dann sah er, dass seine Nachricht gelesen worden war.

»Und?«, fragte er.

Baptiste sah auf.

»Quoi?«

Baptiste wusste nicht, was er meinte. Jemand hatte die Frage gelesen, aber das war nicht er gewesen, nicht Baptiste! Ate schaute sich im Zugabteil um, was natürlich unsinnig war. Derjenige, der die Nachricht gelesen hatte, konnte überall sein.

Baptiste tippte inzwischen fröhlich weiter. Das Seltsame war: Ates Nachricht vom Morgen hatte Baptiste doch empfangen, sonst wäre er ja nicht nach Aalst gekommen.

Warum hatte er seine Nachricht von gerade eben dann

nicht erhalten? Hatte er vielleicht doch sein altes Handy verkauft, kurz bevor er Ate traf?

Baptiste steckte sein Handy wieder in die Innentasche seiner Jacke. Er beugte sich zu Ate und nahm beide Hände in seine – genau, wie Emeraude es getan hatte, bevor sie behauptet hatte, sie sei Baptiste.

»Mein Freund!«, sagte er. »Sehr gut, dich zu sehen.« Er sprach mit einem schweren französischen Akzent.

»Auch gut, dich zu sehen.«

»Mein Freund.« Er flüsterte jetzt. »Hast du eine *carte Visa*?«

Seit gestern wusste Ate, dass er so was nicht besaß.

»Keine Kreditkarte«, sagte er. »Nur eine Bankkarte. Eine EC-Karte.«

»Darf ich sehen?«

Ate wollte nicht fragen, warum Baptiste seine EC-Karte sehen wollte. Er wollte ihm auch nichts verweigern. Und er wollte eigentlich auch nicht mehr wissen, warum seine Nachricht nicht auf Baptistes Handy angekommen war. Er wollte nur noch ein wenig länger ihm gegenüber sitzen, als Freund. Ate zog sein Portemonnaie aus der Hosentasche und holte seine EC-Karte hervor.

Baptiste hielt die Hand auf und Ate gab ihm die Karte.

Baptiste tat, als würde er die Karte irgendwo reinstecken – vielleicht in einen Geldautomaten? Er tat, als würde er eine Geheimzahl eingeben. Er spähte auf einen Bildschirm, tippte wieder was, schaute wieder auf den Bildschirm und machte dann laut die Geräusche von einem

Geldautomaten nach, der will, dass man seine Karte zurücknimmt. Gleichzeitig schaute Baptiste erstaunt um sich, als wüsste er nicht, woher das komische Geräusch stammte.

Ate musste über das kleine Theaterstück lachen. Es war witzig.

Baptiste tat, als wollte er die Karte aus dem Geldautomaten ziehen, würde sie aber nicht herausbekommen. Dabei machte er wieder diese Geräusche. Er spannte alle Muskeln an und zog, so fest er nur konnte. Endlich ließ der Automat die Karte los.

In der Stille, die folgte, nahm Baptiste das Geld aus dem Automaten. Zunächst wirkte er erstaunt. Er betastete das Geld. Er roch daran. Allmählich wurde er froher, er fing an zu strahlen, zog immer mehr Scheine aus dem Automaten, und noch mehr, er warf eine Handvoll Geldscheine in die Höhe, und dann noch eine, mit beiden Händen gleichzeitig schmiss er Geld in die Luft. Er ließ es auf sich herabtrudeln, schloss die Augen und genoss die Gelddusche.

Ate lachte zwar noch, aber jetzt eher, weil Baptiste sich so ins Zeug legte; richtig witzig fand er es nicht mehr.

Inzwischen spähte Baptiste durch seine Wimpern hindurch um sich – um zu schauen, ob alle auch sahen, wie toll er war, dachte Ate. Weiter hinten im Abteil saßen Leute, doch die beachteten sie nicht weiter.

Die Vorstellung war vorbei. Baptiste steckte die EC-Karte in seine Innentasche.

»Ich hab ein Messer«, sagte er. »Willst du es sehen?«

»Ja?«, sagte Ate. Eigentlich wollte er Baptistes Messer

nicht unbedingt sehen, aber er wollte auch nicht uninteressiert wirken.

Mit der linken Hand schlug Baptiste seine Jacke auf. In das Futter war ein horizontales Band eingenäht und hinter diesem Band steckte ein Messer in einer silberfarbenen Scheide. Baptiste zog das Messer heraus und hielt es Ate vor die Nase.

»Schön, was?«, sagte er.

Der Handgriff war mit bunten Glasstückchen eingelegt, wenn Ate es recht sah.

Baptiste zog das Messer aus der Scheide und setzte die Spitze auf seine Handinnenfläche. Sofort verzog er das Gesicht vor Schmerzen. Aber zwei Sekunden später lachte er schon wieder, also war es wohl erneut Theater gewesen.

»Willst du fühlen?«, fragte er.

Ate schüttelte den Kopf.

Baptiste sah enttäuscht aus. Er steckte das Messer zurück und rückte dann schön nah an Ate heran und spielte ein Schießspiel mit Pinguinen und Eisschollen, bei dem er abwechselnd auf Französisch und französisch klingendem Niederländisch Kommentare gab. Ate schaute zu und versuchte, sich nicht zu fragen, wohin das alles führen würde.

Während sie in den Brüsseler Hauptbahnhof einfuhren, brummte Baptistes Handy wieder. Er checkte seine Nachrichten und fing dann erneut an zu tippen.

»Hast du gestern noch Geoff und Jack gesehen?«, fragte Ate so beiläufig, wie er nur konnte.

»Qui?«, fragte Baptiste, die Augen auf das Display gerichtet.

Er kannte Geoff und Jack nicht.

Es war kein Schock. Irgendwie hatte Ate es bereits gewusst: Der Junge ihm gegenüber hatte nie mit ihm geschrieben. Er hatte das Gesicht von Baptiste, mit dem Lachen von Baptiste. Aber den Menschen, der sich hinter der fröhlichen Fassade verbarg, den kannte Ate nicht. Vielleicht hieß dieser Junge nicht mal Baptiste.

Der Zug stand still. Baptiste, oder wie auch immer er heißen mochte, steckte sein Handy weg und sah Ate fragend an.

»Was hast du gesagt?«

»Vergiss es, es war nicht wichtig«, sagte Ate.

Der Junge ging zu der Schiebetür am Ende des Abteils und wartete dort auf Ate. Das alte Samsung lag noch immer auf dem Tischchen am Fenster. Nach der ganzen Mühe, die sich Ate gemacht hatte, um Baptiste das Handy zu bringen, vergaß der es einfach. Aber so seltsam war das nicht, der Junge hatte schließlich selbst ein einwandfrei funktionierendes Handy.

Ate steckte das Samsung zurück in die Vordertasche seines Rucksacks und folgte Baptiste.

Vom Gleis aus nahmen sie eine Rolltreppe nach oben. Baptiste stand neben Ate und reichte ihm einen Arm. Ein Fremder, der spielte, dass sie Freunde waren. Trotzdem war Ate froh, dass Baptiste da war. Er war so in Gedanken versunken, dass er das Ende der Rolltreppe verpasste, genau wie am Tag davor. Baptiste sagte genau dasselbe, was Emeraude gesagt hatte: *»Attention!«* Der Unterschied war, dass Baptiste megalaut lachte, als Ate fast hinfiel.

Baptiste führte ihn aus dem Bahnhof. Er nahm einen anderen Ausgang als Emeraude gestern, aber auch hier stolperte man draußen sofort über Menschen, die auf Pappstücken hockten, umringt von ihren wenigen ärmlichen Habseligkeiten. Im Vorbeigehen rief Baptiste einem Obdachlosen lachend etwas zu. Er trug an einem Fuß einen schneeweißen Sportschuh und am anderen nichts.

Vermutlich gingen sie Richtung Süden, dachte Ate, über breite Straßen. Baptiste blieb immer in seiner unmittelbaren Nähe und berührte ihn ständig – er hielt Ates Hand fest, nahm seinen Arm oder legte ihm einen Arm um die Schulter. Ab und zu sagte er etwas auf Französisch. Es klang fröhlich und manchmal musste er selbst lachen, aber Ate verstand kaum etwas davon. Er erwiderte auch nicht viel. Er schaute mit einem Seitenblick zu Baptistes sorglosem Gesicht. Der Junge schien einfach nur froh zu sein. Gekleidet wie ein Model aus einer Werbung für die neuste Sommermode, lächelnd in der Frühlingssonne.

An seinen Sachen hätte ich sofort erkennen können, dass er nicht obdachlos ist, dachte Ate. Viel Ahnung davon hatte er nicht, aber Baptiste schien Markenkleidung der teuersten Art zu tragen, Prada oder Versace und so. Wie hatte er das übersehen können?

»Wohin gehen wir?«, fragte Ate.

»Zu mir nach Hause«, antwortete Baptiste.

Offensichtlich wusste er nicht, dass der Baptiste, den Ate kannte, obdachlos war. Oder es interessierte ihn nicht, was Ate über ihn wusste oder nicht wusste.

Was hatte dieser Baptiste nur vor? Was wollte er von Ate? Sie gingen an einem großen Platz vorbei und an einem Museum. Neben dem Eingang standen zwei Soldaten in Tarnkleidung, breitbeinig, die Arme locker auf den Gewehren.

Ich könnte mich losreißen, dachte Ate. Ich könnte zu den Soldaten rennen und sie um Hilfe bitten: »Hilfe! Dieser Junge da hat ein Messer!«

Er ging an den Soldaten vorbei. Baptiste und er waren keine echten Freunde. Aber er wollte noch etwas länger so tun, als ob. Er ging tausendmal lieber hier mit Baptiste durch Brüssel, als allein im Zug nach Hause zu sitzen. Denn allein wäre er. Und dieser Junge hatte ihm doch nichts getan, oder? Gut, er hatte seine EC-Karte, und ja, ein Messer hatte er auch, aber das war noch kein Verbrechen, oder? Vielleicht hatte er gar nichts Schlechtes vor.

Die Straße führte bergauf, bog nach links und dann wieder nach rechts.

Sie überquerten einen Zebrastreifen über eine mehrspurige Straße und plötzlich gingen sie durch ein vollkommen anderes Viertel. Keine imposanten Gebäude und breiten Boulevards mehr, sondern schmale Gassen mit kleinen Geschäften, Mini-Supermärkten, Friseuren, sehr vielen Friseuren, überall Friseuren und vielen Leuten auf der Straße. Sie kamen auch nicht mehr zügig voran, weil Baptiste ständig stehen blieb, um jemanden zu grüßen oder auf Französisch oder in einer Sprache, die Ate nicht verstand, einen Schwatz zu halten. Vielleicht war es Tschiluba, die Sprache, die Emeraude sprach. Manchmal redete Baptiste über ihn, Ate sah es an den Blicken der Leute, aber Baptiste übersetzte nichts und stellte Ate auch nie vor.

Vor einem der unzähligen *Salons de Coiffure* blieb Baptiste stehen und hielt die Tür einladend auf. Eine altmodische Ladenklingel ertönte.

»*Entrez!*«, sagte Baptiste. Hereinspaziert!

Ate zögerte, weil er nicht so recht sah, wie er da reinkommen sollte. Der Laden war etwa so groß wie der Schuppen hinter ihrem Haus, also winzig, und trotzdem zählte er drei Frisierstühle, jeden mit einem Kunden darauf und einer Friseurin dahinter, sowie zwei weitere Kunden, die auf niedrigen Schemeln warteten, bis sie an der Reihe waren. Und dann gab es verrückterweise noch Platz für eine orangefarbene Ladentheke und Regale mit Perücken und Tiegeln und neunhundertachtundachtzig bunten Fläschchen.

Baptiste griff nach Ates Hand und zog ihn hinter sich her in den Laden. Drinnen herrschten mindestens dreißig Grad, ein starker Parfümgeruch hing im Raum, alle redeten durcheinander und im Hintergrund spielte rhythmische Musik. Baptiste ging im Zickzack durch den Laden, während er mit den ersten beiden Friseurinnen herumscherzte. Die dritte versuchte er auf die Wange zu küssen, aber sie tauchte weg, was Baptiste sehr witzig zu finden schien.

Ate war erleichtert, dass sich der mannshohe Spiegel an der Hinterwand als Tür entpuppte. Baptiste ließ ihn vorgehen, hinter der Tür folgte eine steile Treppe.

Oben gelangten sie in ein kleines Wohnzimmer. Zwei Männer saßen auf einem schwarzen Ledersofa und spielten auf einem großen Bildschirm an der gegenüberliegenden Wand FIFA. Sie begrüßten Baptiste und beachteten Ate nicht weiter. Baptiste führte ihn an den Männern vorbei durch einen schmalen Flur und hielt ihm eine Tür auf.

»*Bienvenue* bei mir!«

Die Kammer war noch kleiner als der Friseursalon. Ein Bett mit Bettzeug in den Farben von FC Barcelona stand darin und an der Wand am Fußende hing ein Breitbildfernseher. Viel mehr Sachen gab es nicht. Und auch kein Fenster.

»Setz dich! Ich bin sofort wieder da.«

Ate setzte sich aufs Bett. An der Wand ihm gegenüber hing ein großes Poster von Beyoncé – die Sängerin, nicht das Huhn. Baptiste kehrte mit zwei Gläsern Cola zurück, reichte Ate eines und setzte sich neben ihn. Sie nahmen ein paar Schlucke.

»Puis-je …«, fing Baptiste an, schaltete dann aber sofort wieder um. »Ich darf dein *portable*?«

Ate gab ihm sein Handy. Baptiste betrachtete es, sagte etwas auf Französisch, wovon Ate nur das Wort *»batterie«* verstand, und erhob sich dann.

»Attends.« Warte.

Baptiste nahm Ates Rucksack vom Boden, ging aus dem Zimmer und schloss die Tür hinter sich. Ein sachtes Klicken ertönte: das Geräusch von einem Schlüssel, der leise im Schloss gedreht wurde. Ate bekam Gänsehaut. Er ging zur Tür und versuchte, sie zu öffnen. Es ging nicht. Sie war abgesperrt.

Am liebsten hätte Ate gegen die Tür gehämmert und geschrien. Bleib ruhig!, ermahnte er sich selbst.

Er vermutete schon länger, dass er in der Patsche saß.

Spätestens seit dem Moment, als Baptiste ihn um seine EC-Karte gebeten hatte. Aber er hatte es nicht sicher gewusst, nicht hundert Prozent. Er hatte gehofft, dass es nicht so schlimm werden würde. Aber jetzt hatte er Gewissheit: Er hatte wirklich ein Problem. Genau wie dieser Mann aus Bordeaux, von dem Emeraude erzählt hatte. Und er konnte niemanden anrufen, eine WhatsApp schreiben oder eine SMS, weil Baptiste Ates Handys hatte – sein normales und das Samsung im Rucksack.

Neben der Tür befand sich eine Steckdose. Baptiste hätte Ates Handy auch hier laden können.

Ate saß auf dem Bettrand. Jetzt, da Baptiste außer Sicht war, konnte er klarer denken. Wer war die rätselhafte Person, die die Nachricht gelesen hatte, die Ate im Zug verschickt hatte? Dieselbe Person hatte die Nachrichten gelesen, die Ate am Morgen versandt hatte. Dieselbe Person, vor der Emeraude ihn gewarnt hatte, dieselbe, von der Emeraude gesagt hatte, sie habe ihr Handy. Der Gangster Joseph. Er hatte Baptiste zum Bahnhof von Aalst geschickt, um Ate abzuholen.

Was wollte Joseph? Auch das hatte Emeraude Ate längst erzählt: Geld. Dabei hatte Ate nicht mal zwanzig Euro auf dem Konto. Für einen Alfa Romeo reichte das nicht. Was würde Joseph sagen, wenn er das entdeckte? Ob er Ate gehen ließ? Oder würde er sich etwas anderes einfallen lassen, um an ihm zu verdienen? Aber was?

Er wollte es nicht wissen. Er musste weg aus diesem Loch, weg von Joseph und Baptiste. Wieder spürte Ate den Drang, wie ein Besessener gegen die Tür zu hämmern. Aber in Filmen kamen die Schurken dann rein und fesselten einen und klebten einem den Mund zu. Mit beiden Händen umklammerte Ate die Bettkante, blieb sitzen und sah sich das Poster von Beyoncé an. Es war die Ankündigung eines Konzerts im *Koning Boudewijnstadion*, das bereits vorbei war.

Er hatte all die Monate doch mit Emeraude geschrieben, das wusste er jetzt sicher. Sie hatte ihn zwar an der Nase herumgeführt, das schon, aber seit dem Moment, als sie ihn auf der Rolltreppe angesprochen hatte, hatte sie die Wahrheit gesagt. Sie hatten eine Abmachung gehabt. Sie würde ihn aus Brüssel herausschmuggeln und er würde sie mitnehmen nach Holland. Und was hatte er getan? Sie im Stich gelassen. Wie es ihr jetzt wohl ging? Ob sie schon weg war aus Belgien?

Er hatte vielleicht zehn Minuten eingesperrt dagesessen, als er Stimmen hörte. Und da ertönte wieder das kaum vernehmbare Klicken des Schlüssels, der im Schloss gedreht wurde. Die Tür öffnete sich und Baptiste wurde ins Zimmer gestoßen. Er warf Ates Rucksack in eine Ecke und ließ sich neben Ate auf das Bett fallen, wodurch Ate ein wenig hochfederte.

Im Türrahmen stand ein sorgfältig gekleideter, schlanker schwarzer Mann. Er wirkte nicht alt, irgendwo zwischen zwanzig und dreißig. Er trug nur zwei Farben. Sein Anzug war violett und seine restliche Kleidung schwarz: eine schwarze Krawatte, ein schwarzes Hemd und schwarze Schuhe, die glänzten wie Christbaumkugeln. Nur seine Armbanduhr stand in farblichem Kontrast: Sie war goldfarben und so riesig, dass die Manschetten seines Hemdes nicht darüberpassten.

Joseph war doch kein Hirngespinst von Emeraude. Es gab ihn.

Baptiste stellte sie einander vor. »*Oncle Joseph, c'est mon ami Ate.* Ate, das ist mein Onkel Joseph.«

Der Mann nickte ihm zu.

»Aat.« Baptiste legte Ate einen Arm um die Schulter. »Du bist mein Freund, *n'est-ce pas*?«

»Ja«, sagte Ate.

»Wir helfen uns gegenseitig, stimmts?«, fragte Baptiste.

»Ja«, wiederholte Ate. Er fragte sich, wohin das hier führte.

Zwischen Baptiste und seinem Onkel entstand ein heftiger Wortwechsel in der fremden Sprache. Es klang, als würde Baptiste versuchen, seinen Onkel zu überzeugen. Wovon, das konnte Ate nicht erraten.

Der Onkel brachte Baptiste mit einer Handbewegung zum Schweigen und kam näher. Er hockte sich vor Ate hin, wobei er die Hosenbeine ein wenig anhob. Seine Augen waren ganz nah.

»Baptiste a besoin d'argent«, sagte er leise. Baptiste braucht Geld.

»Ich weiß«, sagte Ate.

»Beaucoup d'argent ...«, sagte der Onkel. Viel Geld.

»Pas de problème«, sagte Ate. Kein Problem. *»Je veux aider.«* Ich will helfen. Er versuchte, so zu schauen, als meinte er es ernst.

»Ah«, sagte der Onkel. Das Weiß seiner Augen war rot geädert.

»Tu le dis! Mais pourquoi voudrais-tu le faire?«

Ate begriff nicht, was er sagte, aber ihm war schon klar, dass der Onkel ihm nicht glaubte.

»J'ai un ami …« Ich habe einen einzigen Freund. Zu seinem eigenen Erstaunen hatte er plötzlich einen Kloß im Hals und feuchte Augen. Weil es nicht wahr war. Er hatte keinen Freund. Er hatte niemanden. Er schluckte den Kloß hinunter und wischte mit dem Handrücken über seine Augen.

»C'est Baptiste«, fuhr er fort. Das ist Baptiste.

Baptiste legte seinen anderen Arm auch um ihn. Das gehörte natürlich zu dem Theaterstück, das er aufführte, zu der Lüge, dass sie Freunde waren.

Der Onkel richtete sich wieder auf.

»C'est bien, très bien … Au revoir, mes amis.« Er wuschelte Ate durch die Haare, tauschte noch einen Blick mit Baptiste aus und verließ das Zimmer.

Ate stand auf.

»Wollen wir zu einem Geldautomaten gehen?«, fragte er. »Geld ziehen?«

Baptiste zögerte.

Wenn er nach Ates Geheimzahl fragte und allein loszog, sah es schlecht aus für Ate. Baptiste würde herausfinden, dass Ate fast pleite war. Aber falls Baptiste vorgehabt hatte, nach der Geheimzahl zu fragen, änderte er jetzt seine Meinung. Er sprang auf.

»Zur *banque*!«

Im Flur gab er Ate sein Handy zurück. Zu Ates Überraschung hatte es jetzt fünfzehn Prozent. Baptiste hatte es wirklich aufgeladen.

Die Männer, die FIFA gespielt hatten, waren verschwunden. Stattdessen saß jetzt der Mann, der Baptiste im Bahnhof von Aalst an der Schulter gerüttelt hatte, auf dem schwarzen Ledersofa. Er trug noch immer seinen langen grünen Mantel.

Ate war schockiert, ihn dort zu sehen. Während Ate hinter Baptiste die schmale Treppe hinunterging, überschlugen sich seine Gedanken. An diesen Mann hatte er keine Sekunde mehr gedacht, aber er gehörte also zu Baptiste und seinem Onkel. In der Bahnhofshalle war er an ihnen vorbeigerannt, auf Emeraude zu! Was war passiert? Ate hatte nicht darauf geachtet. Vielleicht hatte der Mann Emeraude erwischt und zu Joseph zurückgebracht. Dann war es Ates Schuld gewesen. Er hatte Baptiste und diesen Mann zum Bahnhof geführt. Und dann hatte er Emeraude nicht nur im Stich gelassen, sondern auch noch verraten.

Er folgte Baptiste durch den überfüllten Friseursalon. Während sie sich an der Friseurin vorbeiquetschten, die Baptiste ausgewichen war, als er versucht hatte, ihr einen Kuss zu geben, schnitt sie mit einer schnellen Bewegung eine Locke aus Baptistes Haar und küsste sie übertrieben. Baptiste schüttete sich aus vor Lachen.

Die Ladenglocke ertönte, als sie zur Tür hinausgingen. Sie waren an drei geparkten Autos vorbeigekommen, als Ate die Ladenklingel erneut hörte. Er schaute sich um. Der Mann im grünen Mantel war aus dem Friseursalon gekommen. Folgte er ihnen? Das machte es nicht leichter. Dann musste Ate nicht nur Baptiste entkommen, sondern auch dem Mann im grünen Mantel. Oder aber er musste zusammen mit Baptiste fliehen.

»Du auch ein Eis?«, fragte Ate.

Oui, merci, Baptiste wollte auch gern ein Eis. Von seinem letzten Bargeld kaufte Ate zwei Hörnchen, jedes mit einer Kugel Vanille und einer Kugel Haselnuss. Vor dem Eissalon stand eine Bank. Sie setzten sich und aßen ihr Eis. Schräg gegenüber versuchten zwei vielleicht achtjährige Mädchen, ein Springseil an einem Baum festzubinden.

»Baptiste?«, fragte Ate.

Baptiste leckte an seinem Eis.

»Ja?«

Der Mann im grünen Mantel war vor einem Gemüseladen stehen geblieben und schaute sich die Kisten mit Äpfeln, Apfelsinen, Paprikas und Gurken eingehend an. Er folgte ihnen tatsächlich, das stand fest.

»Willst du mitkommen zu mir nach Hause?«, fragte Ate. Emeraude wollte weg von Joseph und weg aus Brüssel. Vielleicht wollte Baptiste das ja auch.

»Gerne!«, sagte Baptiste lachend.

»Ich meine: jetzt.«

»Erst zur *banque*«, sagte Baptiste. »Und dann …« Mit der freien linken Hand machte er eine vorbeischießende Rakete nach. »… fliegen wir zu deinem Palast!«

»Ich meine es ernst«, sagte Ate leise. »Ich weiß, dass wir

keine echten Freunde sind, ich weiß, dass du nur so tust, als ob. Aber in Holland könnten wir das werden. Freunde.«

Baptiste ließ die Hand mit dem Eis sinken und starrte vor sich hin.

Die Mädchen hatten das Springseil inzwischen um den Baum gebunden. Klack, klack, klack, klack. Das eine Mädchen schwang, die andere sprang, ihr Kleid flatterte um ihre mageren Beine. Die Kinder sangen ein Lied:

Crème glacée, limonade sucrée,
dis-moi le nom de ton cavalier.

Baptiste schien die Mädchen weder zu sehen noch zu hören. Er schaute einfach durch sie hindurch. Auf seine Hand tropfte Eis, aber er merkte es nicht.

»Du könntest ein neues Leben anfangen«, sagte Ate. »Ich helfe dir.«

Baptiste explodierte.

»Du hilfst mir? Mir? Schau mich an, schau meine Kleider! Was siehst du? Brauche ich Hilfe?« Er spuckte auf den Boden.

Im nächsten Augenblick zog schon wieder ein Lachen über sein Gesicht. Er sprang auf und hüpfte in das sich schwingende Seil, das Eis in der Hand, nah an dem Mädchen mit dem Flatterkleid, weil es sonst nicht gepasst hätte. Die Mädchen fingen erneut an zu singen und Baptiste sang fröhlich mit:

Crème glacée, limonade sucrée,
dis-moi le nom de ton cavalier.

»Baptiste!«, rief er und buchstabierte seinen Namen im Rhythmus des Springseils: »B-a-p-t-i-s-t-e. Baptiste!« Er spielte wieder den Jungen mit dem ansteckenden Lachen – oder er *war* wieder dieser Junge.

Ein Freund würde er niemals werden.

Baptiste hielt dem Mädchen sein Eis hin, aber sie schüttelte lachend den Kopf. Er sprang raus – mit einem triumphierenden Blick, wahrscheinlich, weil das Seil noch immer schwang.

Ate tippte mit den Fingern seiner einen Hand gegen die Hand, in der er sein Eis festhielt. Baptiste wollte zwar keine Hilfe, aber Applaus liebte er über alles.

Baptiste bedankte sich mit einem gönnerhaften Nicken. Sie gingen weiter.

Klack, klack, klack, machte das Springseil hinter ihnen.

Sie bogen nach rechts um die Ecke. Das bedeutete, dass der Mann im grünen Mantel sie ein paar Sekunden lang nicht sehen konnte. Ate ging an der Seite mit den Geschäften, Baptiste an der Straßenseite. Das war nicht so clever von Baptiste.

Hinter ihnen knatterte etwas – der Auspuff eines Motorrollers, vermutete Ate. Er wartete, bis das Geräusch näher gekommen war. Dann versetzte er Baptiste einen kräftigen Schubs, sodass er auf die Straße stolperte. Ate hätte es nicht besser planen können. Ein Pizzalieferant knallte Baptiste in den Rücken und im selben Moment landeten Roller und Fahrer schon zwei Meter weiter entfernt auf der Straße. Baptiste lag neben dem Vorderrad, den Kopf auf dem Asphalt.

Ate rannte weg, die Tränen schossen ihm in die Augen. Das Einzige, was er sah, war Baptistes schmerzverzogenes Gesicht. Wären die anderen Fußgänger ihm nicht ausgewichen, wäre er mit ihnen zusammengestoßen.

Er verbannte Baptistes Gesicht aus seinen Gedanken, schaute, wohin er lief, und schoss nach rechts in einen schlauchförmigen Supermarkt. Er rannte an einer langen Tiefkühltruhe vorbei bis ganz nach hinten, wo ein halb durchsichtiger Plastikvorhang als Tür diente.

Er schlug ihn zur Seite, kam erst durch ein kleines Lager und dann durch eine offene Tür. Er gelangte auf einen Innenhof, der zu allen Seiten von Mauern umgeben war. Die Holztür vor ihm war abgeschlossen, aber die Mauer war nicht viel höher als er selbst. Also sprang er, zog sich hoch, warf ein Bein über den Rand, ließ sich auf der anderen Seite wieder fallen, stolperte beim Aufkommen, schrammte sich die Hand auf und setzte seine Flucht durch eine schmale Gasse fort, die in eine Einkaufsstraße mündete. Ate blieb ein paar Sekunden stehen und schaute zu beiden Seiten, während er versuchte, seinen Atem unter Kontrolle zu bekommen. Der Mann im grünen Mantel war nirgends zu sehen.

Ate schob seine aufgeschrammte Hand in die Hosentasche, bog links ab und ging in ruhigem Tempo weiter, den Blick auf den Boden gerichtet, um keine Aufmerksamkeit zu erregen. Nach etwa zehn Minuten im Zickzack – Straße rechts, Straße links, Straße rechts, Straße links – fühlte er sich allmählich ein wenig sicherer.

Er war entkommen.

Lang lebe Google Maps! Das nächste Polizeipräsidium lag am Kolenmarkt, das sich als eine alte Straße entpuppte. Innerhalb von fünf Minuten war Ate dort. Ein breiter Gang führte in eine Halle mit einem Empfangsschalter. Ate warf einen Blick darauf, drehte sich um und verließ das Gebäude zurück durch den Gang wieder nach draußen.

Er überquerte die Straße. Von gegenüber aus betrachtete er den Eingang noch mal gründlich. Zwei robuste dunkelbraune Holztüren. Die eine geschlossen, die andere offen. »Division Centrale de Police. Zentrales Polizeipräsidium« stand darüber. Es fühlte sich gut an, dass er einfach so hineingehen konnte. Aber was würde er der Polizei erzählen?

Einfach die Wahrheit? Was würden sie dazu sagen, dass er Baptiste vor einen Motorroller geschubst hatte? Vielleicht durfte er drinnen warten, bis seine Mutter ihn abholte. Wenn sie noch bei Greg war, konnte sie in ein paar Stunden hier sein. Er würde solange auf einem Stuhl sitzen und warten, aber das wäre nicht schlimm, weil sie bestimmt WLAN für Gäste hatten. Dann würde er Geoff und Jack schauen, bis sie kam.

Wenn er dann wieder zu Hause war, konnte er ganz Brüssel vergessen! Er würde bestraft werden, das schon, wahrscheinlich dürfte er monatelang nicht ins Internet oder nur, wenn seine Mutter mitschaute. Aber diese Zeit würde vorbeigehen. Er würde eine neue EC-Karte beantragen, sich einen neuen Freund zum Schreiben suchen und dann wäre alles wieder genauso wie zuvor.

Zwei Polizisten kamen nach draußen, eine Frau und ein Mann. Die Polizistin überquerte die Straße und ging zielbewusst auf ihn zu. Vielleicht hatte sie gerade am Schalter gesessen und ihn gesehen.

»Niederländisch?«

Er nickte.

»Kann ich dir helfen?«

Sie sah freundlich aus. Am liebsten wollte er ihr alles erzählen. Er brauchte nicht zu lügen oder etwas zu erfinden, einfach die Wahrheit sagen und seine Mutter würde kommen und dann wäre alles wieder beim Alten.

»Nein, nein«, sagte er. »Danke. Ich warte auf jemanden.«

»Wer nicht?«, sagte sie.

Er erwiderte nichts.

»Aber wir haben geöffnet, ja?«, fuhr sie fort. »Das hast du gesehen. Du kannst jederzeit reinkommen.«

Sie überquerte die Straße. Ihr Kollege hatte auf sie gewartet. Gemeinsam liefen sie los.

Er ging in die andere Richtung, weg vom Polizeipräsidium. Vielleicht wollte er doch nicht, dass alles wieder so würde, wie es gewesen war, bevor er nach Brüssel gekommen war. War das denn so toll gewesen? Und der Gedanke an Emeraude wurmte ihn. Wenn er die Polizei jetzt einweihte, was würde dann mit ihr passieren? Er konnte der

Polizei alles erzählen, was er über sie wusste, und sie bitten, sie bei Joseph rauszuholen. Aber vielleicht brachte er Emeraude gerade dadurch in Schwierigkeiten. Womöglich griff die Polizei sie wegen Betruges auf. Vielleicht setzten sie sie sofort ins Flugzeug, um sie in den Kongo abzuschieben, zurück zu der Schule ohne Lehrer. Sie hatte schließlich keine Aufenthaltsberechtigung. Der Punkt war: Sie hätte natürlich auch selbst längst zur Polizei gehen können. Joseph hatte sie nicht eingesperrt und die Tür des Polizeipräsidiums stand offen. Aber das hatte Emeraude nicht getan. Sie hatte versucht, in die Niederlande zu fliehen, sicherlich nicht umsonst.

Wenn Ate ihr helfen wollte, musste er sie mitnehmen, wie er es versprochen hatte. Doch wie schaffte er das? Er wusste nicht, wo sie war.

Aber Joseph wusste es bestimmt. Die Wahrscheinlichkeit war groß, dass der Mann im grünen Mantel Emeraude zu Joseph gebracht hatte.

Und Ate hatte Josephs Nummer.

An der nächsten Straßenecke rief er Greg an. Er wollte gern in der Nähe der Polizeiwache bleiben.

»Hey, Ate! Deine Mutter ist gerade abgefahren.«

»Ich wollte mit dir sprechen.«

»Aha?«

»Könntest du mich in Brüssel abholen?«

Einen Moment war es still am anderen Ende der Leitung.

»Sag das noch mal?«

»Könntest du mich bitte in Brüssel abholen?«

»Ate! Bist du das?«

Greg hatte recht. Das hier passte nicht zu Ate. Eigentlich war Ate stolz, dass er etwas Außergewöhnliches tat.

»Ja, doch, hier ist Ate«, sagte er.

»Wie bist du nach Brüssel gekommen?«

»Mit dem Zug«, sagte er. »Aber ich würde gern mit dem Auto zurückfahren.« Er wollte Greg nicht beunruhigen, aber etwas mehr musste er schon erzählen. »Ich sitze ein wenig in der Patsche, das erkläre ich später noch. Es wäre echt klasse, wenn du sofort zu mir kommen könntest.«

»Ich steige JETZT ins Auto. Ich glaub schon, dass äh … ich meine, sollte deine Mutter das nicht auch wissen?«

»Ich rufe sie gleich an. Das brauchst du also nicht zu tun. Und ich schicke dir meinen Standort noch, okay?«

Schritte zwei und drei waren schwieriger. Er musste Emeraude ausfindig machen. Und sie in Gregs Auto bekommen. Er schrieb Baptiste. Nachrichten an ihn landeten bei Joseph, das war inzwischen klar.

Wie geht es Baptiste?
12:14

Sofort bekam er Antwort.

Blessé.
12:14

Ich bezahle den Arzt!
12:14

Baptiste hat meine EC-Karte
12:14

Quelle est la code?
12:15

Was ist die Geheimzahl? Ha! Auf genau diese Frage hatte Ate gewartet!

Die schreibe ich nicht
12:15

Man weiß nie, wer mitschaut
12:15

Emeraude würde ich die Geheimzahl sagen. Wenn ich sie selbst sehe.
12:16

Ce n’est pas possible.
12:16

Nicht möglich? Ate bekam einen Schrecken. Warum sollte er ihr die Geheimzahl nicht geben können? Was war mit ihr? War sie doch nicht bei Joseph?

Vielleicht erzählte dieser Joseph auch einfach Unsinn.

Dann eben nicht
12:16

Tschüss!
12:16

Attends!
12:17

Warte!

Elle vient. Où es-tu?
12:17

Sie kommt. Wo bist du?

Das schreibe ich noch.
12:17

Innerhalb von zehn Minuten hatte er im Internet einen vielversprechenden Ort gefunden: die Korte Violetstraat. Er ging dorthin. Auch in Wirklichkeit entsprach die Straße seinen Erwartungen. Eine schmale Gasse zwischen der Brouwersstraat und der Violetstraat, die in einer leichten Kurve verlief. Bonuspunkt war, dass in der Mitte zwei Abfallcontainer standen und – superpraktisch! – ein Turm aus gestapelten Bierkisten, zwei Kisten breit und fünf Kisten hoch.

Wenn Emeraude gleich allein kam, war alles kein Problem. Dann stiegen sie zu Greg ins Auto, fuhren weg und fertig! Aber angenommen, sie kam nicht allein. Angenommen, sie musste einen Verfolger abschütteln. Dann konnte Ate die Abfallcontainer und den Bierkistenturm schön zum Einsatz bringen und umwerfen. Das würde ihnen vielleicht gerade genug Vorsprung verschaffen, um Gregs Auto zu erreichen. Ate rückte die Container etwas näher an die Bierkisten und schickte Greg eine WhatsApp.

Etwas mehr als anderthalb Stunden nach Gregs Abfahrt aus Rotterdam bog sein dunkelgrüner Citroën in die Brouwersstraat ein. Dabei dauerte die Autofahrt Rotterdam–Brüssel laut Google Maps eigentlich eine Stunde und zweiundfünfzig Minuten. Das gab Knöllchen.

Ate winkte Greg von dem Parkplatz aus zu, den er für ihn frei gehalten hatte, und stellte sich auf den Gehweg. Greg parkte zügig ein, öffnete die Tür, zwängte seinen großen Körper aus dem Auto und streckte sich.

»Ate!«

Ate schüttelte seine ausgestreckte Hand.

»Greg!«

Inzwischen hatte Ate ziemlichen Hunger, und er ging mit Greg zu einem Café um die Ecke. Es war Samstagnachmittag und überall war viel los, auf der Straße und in dem Café, aber ganz hinten war ein Tisch frei. Greg bestellte Kaffee für sich und Kirschkuchen für Ate, und dann saßen sie sich lächelnd gegenüber, zwischen ihnen ein Tisch mit einer Glasplatte, unter der alte Zeitungen lagen.

»Schön, dich wieder mal zu sehen«, sagte Greg.

»Das finde ich auch.« Ate hatte das schon mal zu ihm gesagt, aber jetzt meinte er es zum ersten Mal auch so.

»Wie stehts mit dem Problem, von dem du gesprochen hast?«

»Besser.«

»Das ist gut.«

Greg bohrte nicht nach. Vielleicht wartete er, bis Ate von sich aus berichtete, was er in Brüssel machte, aber als Ate das nicht tat, drängte er nicht. Das wäre Ates Mutter niemals gelungen. Gleich im Auto würde Ate alles erzählen, jetzt jedoch wollte er erst Emeraude einsammeln. Und das hielt er noch kurz geheim. Bei Erwachsenen konnte man nie wissen. Zu groß war die Gefahr, dass Greg irgendetwas einfallen würde, wodurch er sie unmöglich mitnehmen konnte. Einwände konnte Ate jetzt einfach nicht gebrauchen. Emeraude musste mit.

Greg hatte seinen Kaffee gerade ausgetrunken, als sein Handy klingelte.

Er ging ran.

»Schatz!«

Ate hoffte inständig, dass Greg mehr als einen Schatz hatte und in diesem Moment einen anderen Schatz als Aline an der Strippe hatte. Aber nein, sie war es.

»Warte mal kurz ...« Greg legte seine große Hand über das Handy, das dahinter verschwand. Wie er wohl mit diesen Riesenfingern tippen konnte, ohne sich die ganze Zeit zu vertun? Er flüsterte: »Hast du deine Mutter noch angerufen?«

Ate schüttelte den Kopf.

»Soll ich ihr sagen, wo wir sind?«, flüsterte Greg.

»Mach ruhig.«

Greg sprach wieder ins Handy. »Ate sitzt mir gegenüber.«

Seine Mutter sagte etwas, was er nicht verstehen konnte.

»Nicht in Rotterdam. In Brüssel.«

»WIESO IN BRÜSSEL?!«

Seine Mutter sprach jetzt so laut, dass er sie ausgezeichnet verstehen konnte.

»Das weiß ich nicht genau«, sagte Greg. »Tolle Stadt ist das. Bist du mal da gewesen?«

»WIESO IN BRÜSSEL?!«

Die Leute am Nebentisch schauten auf, um zu sehen, woher der Lärm kam. Ate lächelte ihnen beruhigend zu: alles in bester Ordnung.

»Weißt du, was?«, sagte Greg mit unerschütterlicher Ruhe. »Ich geb ihn dir mal eben selbst.«

Ate nahm das Handy an.

»Hallo, Mam.«

»WAS MACHST DU IN BRÜSSEL?!« Sie klang ziemlich aus der Fassung.

»Wir haben gerade Kirschkuchen gegessen, na ja, ich jedenfalls. Greg hatte nur Kaffee.«

»HÖR AUF MIT DEM UNSINN! WAS HAST DU DA VERLOREN?!«

Vielleicht war die Wahrheit am besten – oder zumindest ein gut ausgewählter Teil der Wahrheit.

»Ich wollte einem Freund ein Handy bringen. Mein altes Samsung.«

Sie war ein paar Sekunden lang still.

»Welchem Freund?«

»Einem Jungen, mit dem ich schreibe.«

»Du bist nach Brüssel gefahren, um einem Jungen ein Handy zu bringen?«

»Ja.«

»Und jetzt kommst du nach Hause.«

»Ja.«

»Darüber sprechen wir noch! Und zwar ausführlich! Und glaub bloß nicht, dass das keine Folgen haben wird! Kann ich Greg noch mal haben?«

Greg redete eine ganze Weile mit ihr, wobei er eine ganze Reihe beruhigender Bemerkungen einflocht.

»Er sieht prima aus … Kuchen gegessen, ja … wunderbares Wetter hier, übrigens, ich glaube, auf dem Rückweg schiebe ich das Dach auf …« Ate sah allmählich, was seiner Mutter an Greg so gefiel. Vielleicht konnte er doch wie ein junger Hund über den Strand rennen.

Auf der Toilette schrieb Ate eine WhatsApp an Joseph:

Ich komme zur Ecke Violetstraat und Hoedemakersstraat.
14:26

Wann kann Emeraude da sein?
14:26

D'accord. Cinq minutes.
14:26

In fünf Minuten. Das war perfekt.

Als Greg bezahlt hatte und sie schon fast am Auto waren, schlug sich Ate mit der Hand gegen die Stirn, als würde ihm plötzlich einfallen, dass er etwas Dummes getan hatte.

»Ich muss noch schnell was abholen! Wartest du im Auto? Ich bin gleich wieder da.«

Bevor Greg protestieren konnte, war Ate bereits weg. Sobald er um die Ecke war, drehte er sich um und schaute, ob Greg wirklich einstieg. Ate wollte nicht riskieren, dass Emeraude und er sich gleich auf die Rücksitze stürzten, die Verfolger hinter ihnen, und Greg dann gerade eine Zeitung kaufte oder Lakritze für unterwegs. Greg ließ das Autoschloss des Citroëns aufspringen und stieg ein.

Das lief also!

Ate ging weiter und bog ein in die Violetstraat. Vor der Gasse blieb er stehen und wartete.

Sein Plan war einfach. Wenn Emeraude allein kam, nahm er sie einfach mit. War jemand anderes dabei, mussten sie den- oder diejenigen erst abschütteln.

Doch es lief anders, als er gedacht hatte.

An der Ecke hielt ein Motorroller. Der Fahrer war ein Mann, den Ate noch nie gesehen hatte – vielleicht war es aber doch einer der Männer, die FIFA gespielt hatten, er hatte sie nur flüchtig angeschaut. Emeraude entdeckte er nicht. Hinter dem Mann saß Baptiste.

Es war ein Schock, ihn wiederzusehen. Ate wusste nicht, was er alles fühlte. Viel, dachte er später. Erleichterung, weil Baptiste nicht im Krankenhaus lag. Erstaunen: Was machte er hier und wo war Emeraude? Angst: Er trug dieselbe blaue Jacke wie am Morgen, die mit dem Messer im Futter. Und dann war Ate auch noch, trotz allem, einfach froh. Er mochte sein Gesicht.

Baptiste stieg ab – ein wenig steifbeinig. Er sah sich um, entdeckte Ate und ging langsam auf ihn zu. Sein rechtes Bein zog er ein wenig nach. Er ähnelte dem Jungen, der Ate an diesem Morgen in der Bahnhofshalle so überschwänglich begrüßt hatte, nicht sehr.

Knapp vor Ate blieb er stehen – ein wenig zu knapp für Ates Geschmack. Auf Baptistes Wange klebte ein Verband so groß wie seine Hand. Baptiste schaute ruhig um sich.

Ate wich einen Schritt zurück.

»Wo ist Emeraude?«, fragte er. »Ich will Emeraude sprechen.«

Baptiste sah Ate noch immer nicht an und schien ihn auch nicht zu hören. Er betrachtete die Passanten – Gruppen von Touristen, einen Jungen mit einem Hund, eine Frau mit einem Kinderwagen. Er betrachtete die Häuser hinter Ate. Er betrachtete sogar den Himmel. Er betrachtete die Gasse hinter Ate.

»Ich habe ganz klar gesagt, dass ich nur mit Emeraude rede«, sagte Ate. »Wenn sie nicht bald kommt, gehe ich.« Er versuchte, selbstsicher zu klingen, aber das gelang ihm nur halb. Vielleicht auch gar nicht.

Jetzt erst sah Baptiste ihn an, und Ate erschrak vor der Wut in seinen Augen.

»Du gehst?«, fauchte er. »Jetzt schon? Bin ich nicht mehr dein Freund?«

Ate wusste nicht, was er sagen sollte.

»Je devrais te pousser sous une voiture!« Baptiste kam wieder näher. »Verstehst du? Ich sollte dich unter ein Auto stoßen! Zur Strafe! Warum tue ich das nicht?«

Er schaute Ate an, als würde er wirklich eine Antwort von ihm erwarten.

»Ich weiß, was du willst«, fuhr Baptiste fort. »Du willst sie mitnehmen. Darum sollte sie kommen. Du hast einen Motorroller …« Er schaute Ate fest an. »Nein, ein *voi-*

ture! Du hast hier irgendwo ein Auto. Ich habe recht, oder?«

»Du rätst doch einfach drauflos«, sagte Ate.

»Ich rate nicht, ich weiß es«, sagte Baptiste. »Und ich weiß, dass du ein Problem hast. Sie ist nicht hier. Aber ich!« Es klang triumphierend. Hätten Passanten auf ihn geachtet, hätte er sich nach links und rechts verbeugt, um den Applaus entgegenzunehmen.

Der Mann auf dem Motorroller hatte seinen Helm abgesetzt und rief etwas, das klang wie: »Beeil dich!« Baptiste rief genervt etwas zurück, das klang wie: »Halt den Mund!« Aber es konnte auch heißen: »Ich komm gleich, nur noch schnell diesen Idioten hier abstechen.«

»Sag mir: Du willst sie mitnehmen? Wirklich?« Das Letzte sagte Baptiste leise, als wollte er nicht, dass jemand es hörte.

»Ja«, sagte Ate.

»Imbécile!«, sagte Baptiste. »Du bist dumm. Und dein Plan ist noch dümmer!« Er nahm sein Handy aus der Innentasche seiner Jacke, rief jemanden an und sprach kurz mit ihm. Ate überlegte, ob er wegrennen sollte, aber auch das merkte Baptiste. Er griff ihn am Gürtel.

»Attends!«, befahl er. Warte! »Sie kommt.«

Das glaubte Ate nicht. Aber es war wahr. Keine Minute später bog Emeraude um die Ecke. Sie war zu Fuß und hatte offensichtlich in der Nähe gewartet. Der Fahrer des Motorrollers zeigte auf sie.

Einerseits freute sich Ate, sie zu sehen, andererseits

auch nicht. Was hatte Baptiste vor? Offensichtlich wusste Emeraude es auch nicht. Zögernd ging sie auf die beiden zu. Wahrscheinlich fragte sie sich, was sie dort zusammen machten, Baptiste mit der Hand um Ates Gürtel. Unter Emeraudes rechtem Auge war ein dunkler Fleck.

Baptiste sprach leise mit ihr. Als er zu Ende geflüstert hatte, schaute Emeraude zu Ate.

»Du willst mich mitnehmen?«, fragte sie leise. »In einem Auto?«

Er nickte.

»Baptiste lässt uns gehen. Aber erst will er deine Geheimzahl.«

Baptiste stand da, als würde ihn das alles nicht interessieren.

»Zwei drei fünf neun«, sagte Ate. »Aber auf meinem Konto ist nicht so viel drauf.«

»Un moment«, sagte Baptiste.

Eine Frau, die einen geschlossenen Regenschirm hochhielt, kam auf sie zu, gefolgt von einer Gruppe asiatischer Touristen. Während sie vorbeigingen, ließ Baptiste Ates Gürtel los, und im nächsten Moment hielt er sein Messer in der Hand. Es ging so schnell, dass Ate nicht einmal ans Wegrennen dachte; das Einzige, was ihm durch den Kopf schoss, war: schade.

Bevor Ate oder Emeraude sich gerührt hatten, stach Baptiste sich selbst in die Schulter.

Sie starrten ihn an. Er stand da, die Finger um den Handgriff des Messers, den Kopf erhoben, den Blick in die Ferne gerichtet. Nach ein paar Sekunden ließ er das Messer los. Die Klinge war blutverschmiert. Das Messer glitt Baptiste aus den Händen und schlug klirrend auf den Gehweg. Jemand schrie. Baptiste schaute mit unbewegter Miene zu seiner Jacke, auf der sich ein Blutfleck ausbreitete.

Ate zog Emeraude mit – sie mussten zusehen, dass sie hier wegkamen.

Ate riss die hintere Tür des Citroëns auf: »Fahr los, fahr los!« Emeraude stürzte sich auf die Rückbank und er folgte ihr sofort. Greg hatte den Motor schon gestartet, noch ehe die Autotür zu war, und fuhr ganz entspannt weg. Er hatte verstanden, dass sie es eilig hatten.

»Warum hat er das gemacht?«, rief Ate. »Das hätte er doch nicht tun müssen!« Emeraude gab nicht gleich Antwort, und er redete weiter, zu aufgeregt, den Mund zu halten.

»Greg, dieser Junge hat sich selbst einfach ein Messer in die Schulter gestoßen! Warum hat er das gemacht? Was bringt ihm das? Verblutet er jetzt?«

»Er wirds überleben«, sagte Emeraude ganz ruhig. »Er wusste, was er tat. Es wird eine Geschichte.«

»Was?«

»Eine Geschichte mit einem Helden. Und der Held wird Baptiste heißen. Und niemand, der sie hört, wird denken, dass er uns freiwillig hat gehen lassen.«

»Hat er sich darum selbst verletzt? Für eine Geschichte?«

»Er wurde von drei Mann angegriffen!«, sagte Emeraude. »Von fünf Mann! Sieben Mann! Er hat gekämpft wie ein Löwe, aber er hatte keine Chance. Emeraude ist entkommen. So was in der Richtung.«

»Heftig«, sagte Greg.

»Es ist nicht einfach, Kongolese zu sein«, fuhr Emeraude fort. »Im Kongo nicht und auch nicht in Brüssel. Jeder klatscht über jeden. Für Baptiste ist wichtig, was die Leute sagen. Und was Joseph sagt.«

Sie schwiegen. Greg fuhr, Emeraude starrte nach draußen und Ate drehte sich um, um durch die Heckscheibe zu schauen, ob der Mann auf dem Motorroller ihnen folgte. In Gedanken sah er Baptiste mit der Wunde an der Schulter, um ihn herum Leute, die voller Respekt flüsterten.

Als sie auf der Autobahn waren, reichte Greg eine Hand nach hinten, während er den Blick auf die Straße gerichtet hielt.

»Ich bin Greg!«, sagte er.

Emeraude schüttelte seine schwebende Hand.

»Emeraude!«

»Ate? Was machen die Probleme?«

»Werden weniger.«

Greg lächelte ihm über den Innenspiegel zu und machte das Radio an. Er war Weltmeister im Keine-Fragen-Stellen. Das gefiel Ate. Allmählich breitete sich ein Gefühl der Freude in ihm aus. Vielleicht war er dumm und sein Plan war noch viel dümmer, aber es hatte geklappt. Auch dank Baptiste, das schon. So richtig froh war er nicht, wegen Baptiste. Emeraude wirkte ebenfalls nicht glücklich. Eher ausgelaugt. Er drückte ihre Hand.

»Warum hat er uns fliehen lassen?«

»Er ist mein Bruder.«

Ate schwieg.

»Ich habe ihn gefragt, ob er mitkommt«, sagte Emeraude. »Ich habe darum gebettelt, ich habe gedroht! Aber hört er auf mich? Er braucht nicht unbedingt zur Schule zu gehen. Er will ein Mann sein, kein Schüler.«

Also hatte sie erst ihre Mutter zurückgelassen. Und jetzt rasten sie mit hundertzwanzig Kilometern pro Stunde weg von ihrem Bruder. Ate kam sich vor wie ein Idiot. Er hatte sich keinen Moment gefragt, was sie in Brüssel zurückließ.

»Und Beyoncé?«, fragte er.

»Baptiste wird sich schon um sie kümmern. Solange Leute sehen, dass er das tut.«

Greg hielt auf einem Parkplatz neben einer Tankstelle an, machte den Motor aus und wandte sich zu ihnen um. Sogar ein Weltmeister im Keine-Fragen-Stellen will manchmal etwas wissen. Gemeinsam mit ihnen beschloss er, salzige Lakritze zu kaufen. Und er erzählte, dass Ates Mutter angerufen hatte, unterwegs war und ein paar Fragen hatte.

Sie saßen auf der Rückbank und warteten, bis Greg zurückkam.

»Es tut mir leid«, sagte Ate. »Dass ich mich in Aalst mit Baptiste verabredet habe. Und dich im Stich gelassen habe.«

Das Fenster neben ihr stand halb offen. Emeraude fächelte seine Worte aus dem Fenster, als wären sie Rauchschwaden.

»Du bist mit einem Auto samt Fahrer zurückgekommen«, sagte sie. »Das hatten wir vorher nicht.«

Sie trafen Ates Mutter irgendwo auf halber Strecke zwischen Brüssel und Groningen an einer Raststätte. Als sie vom Parkplatz zum Restaurant gingen, stand sie schon vor dem Eingang und wartete.

Sie hat sich vorgenommen, mir sofort gründlich den Kopf zu waschen, dachte Ate, aber sie hielt sich zurück – erst, weil Greg sie küsste, und dann, weil ihr klar wurde, dass das hochgewachsene Mädchen zu ihnen gehörte.

Ate hatte seiner Mutter geschrieben, wie spät sie in etwa ankämen, über Emeraude jedoch hatte er noch nichts gesagt.

Er stellte seine Mutter und Emeraude einander vor.

»Mam, das ist Emeraude. Emeraude, das ist meine Mutter Aline.«

Die Frauen gaben sich die Hand. Aline lächelte vorsichtig, Emeraude nicht. Ate sah seine Mutter denken: Wer ist das? Was macht sie hier?

»Kommt!« Greg breitete die Arme aus und schob sie hinein. »Wir reden später. Ich lade euch ein!«

Sie saßen an einem Vier-Personen-Tisch, Emeraude und Ate einander gegenüber am Fenster, mit Aussicht auf den vorbeirasenden Verkehr auf der Autobahn. Zwei Spuren bogen nach rechts ab, zwei nach links.

Ate und Emeraude hatten beide eine Tasse Tomatensuppe vor sich. Eigentlich wollte Ate sofort anfangen zu essen, er war ganz schön hungrig, aber der eisige Blick seiner Mutter verriet ihm, dass er jetzt lieber sofort erzählte, was los war, wer Emeraude war und was sie hier machte. Er legte den Löffel zurück neben seine Suppentasse.

»Mam«, sagte er. »Emeraude möchte zur Schule gehen, und das durfte sie in Brüssel nicht. Darum ist sie mit mir mitgekommen.«

Seine Mutter fand Schule ungeheuer wichtig, richtig sauer konnte sie darüber wohl kaum werden.

»In Brüssel musste ich arbeiten«, sagte Emeraude.

»Für ihren Onkel«, ergänzte Ate.

»Ich habe mit Ate geschrieben«, sagte sie.

»Sie ist superschlau«, sagte Ate.

»Er hat mich geholt«, sagte Emeraude. »Er hat mich gerettet.«

Das war nicht die ganze Wahrheit, nicht einmal die halbe, aber es klang nicht schlecht, fand Ate. Trotzdem war nicht zu verhindern, dass er jetzt unglaublich eins auf den Deckel bekommen würde. Er konnte die Predigt schon runterleiern: das große böse Internet, den ganzen Weg nach Brüssel, ohne jemandem was zu sagen, und was hätte nicht alles passieren können? Schnell nahm er einen Löffel Suppe. Als er wieder aufsah, starrte ihn seine Mutter quer über den Tisch an. Sie verzog den Mund, schlug sich die Hände vors Gesicht und senkte den Kopf.

Was hatte sie plötzlich? Weinte sie? Emeraude und er waren doch in Sicherheit!

Emeraudes Blick war eindringlich: »Tu was!«

Danach schaute sie zu Greg: »Oder du!«

Bestimmt wollten sie beide etwas tun, aber vielleicht waren sie einfach zu geplättet. Jedenfalls blieben sie reglos am Tisch sitzen.

Da legte Emeraude selbst einen Arm um die Schultern seiner Mutter und flüsterte etwas in ihre Haare, was seltsam gewesen wäre, wenn eine andere Fremde das gemacht hätte. Aber bei Emeraude war es selbstverständlich. Wenn sie jemals genug davon bekam, Richterin zu werden, oder Rechtsanwältin oder Präsidentin, konnte sie immer noch Psychologin oder so was werden.

Aline beruhigte sich. Sie wischte sich die Tränen aus den Augen, schnäuzte sich in eine Papierserviette, die zu Gregs Wurstbrötchen gehörte, und umarmte Emeraude. Anschließend hatte sie so viele Fragen für Emeraude, dass Ate einen ganzen Topf Suppe hätte auslöffeln können. Danach nahm sie einen Stift und einen Notizblock aus ihrer Tasche und verwandelte den Tisch in ein Kommandozentrum. Emeraude beantwortete noch mehr Fragen. Greg suchte Telefonnummern heraus, was mit seinen großen Fingern ausgezeichnet ging. Aline schrieb alle Schritte auf, die sie als Nächstes unternehmen würden. Das Wort »Asyl« fiel mehr als einmal.

Während seine Mutter ihre Besprechung abhielt, schaute sie ihn kurz an, mit dem Anflug eines Lächelns auf ihrem Gesicht. Plötzlich begriff er ihre Tränen von gerade eben. Sie war einfach froh, dass er im echten Leben mit jemandem Freundschaft geschlossen hatte.

Ihm war auch froh zumute. Nicht, weil er noch kein Internetverbot hatte, das kam bestimmt noch. Er war froh, dass draußen Autos in einer endlosen Reihe vorbeirasten, froh, dass sie zu viert hier am Tisch saßen, und mehr als froh, dass Emeraude ihm gegenübersaß.

Er wusste, was er tun musste. Er nahm seinen Rucksack, zog das Samsung aus der Vordertasche und schob es Emeraude über den Tisch hinweg zu.

»Ah …«, sagte sie, während sie es in die Hand nahm. »Das Handy für Baptiste?«

»Ja«, sagte er. »Das Handy für dich.«

MIX
Papier aus verantwortungsvollen Quellen
FSC® C014496

 | Originalverlag: Em. Querido's Uitgeverij, Amsterdam | Originaltitel: Katvis | Umschlagabbildungen: shutterstock.com © Much-Mania/YummyBuum/Yulia Lavrinuk/Bahruz Rzayev/Sergey Mastepanov/artdee2554
Umschlaggestaltung und -typografie: formlabor | Aus dem Niederländischen von Andrea Kluitmann | Lektorat: Julia Reuter & Annika Harmel | Herstellung: Derya Yildirim
Satz: Dörlemann Satz, Lemförde | Druck und Bindung: GGP Media GmbH, Pößneck
ISBN: 978-3-551-55765-0 | Printed in Germany